Knaur.

Knaur.

Im Knaur Taschenbuch Verlag sind bereits folgende Bücher des Autors erschienen:

Süden und das Gelöbnis des gefallenen Engels
Süden und der Straßenbahntrinker
Süden und die Frau mit dem harten Kleid
Süden und das Geheimnis der Königin
Süden und das Lächeln des Windes
Süden und der Luftgitarrist
Süden und der glückliche Winkel
Süden und das verkehrte Kind
Süden und das grüne Haar des Todes
Süden und der Mann im langen schwarzen Mantel
Süden und die Schlüsselkinder

Killing Giesing
Gottes Tochter
German Angst
Die Erfindung des Abschieds
Abknallen

Über den Autor:

Friedrich Ani wurde 1959 in Kochel am See geboren. Er arbeitete als Reporter, bevor er sich ganz dem Schreiben widmete. Er schreibt Romane, Kinderbücher, Gedichte, Hörspiele, Drehbücher und Kurzgeschichten. Seine Bücher wurden in mehrere Sprachen übersetzt und vielfach ausgezeichnet, so u. a. mit dem Tukan-Preis für das beste Buch des Jahres der Stadt München. Als bisher einziger Autor erhielt Ani den Deutschen Krimipreis in einem Jahr für drei Süden-Titel gleichzeitig. 2010 folgte der Adolf-Grimme-Preis für das Drehbuch nach seinem Roman »Süden und der Luftgitarrist«. Friedrich Ani lebt in München.

Friedrich Ani

SÜDEN UND DIE SCHLÜSSELKINDER

Roman

Knaur Taschenbuch Verlag

Besuchen Sie uns im Internet:
www.knaur.de

FSC
www.fsc.org
MIX
Papier aus verantwortungsvollen Quellen
FSC® C083411

Originalausgabe November 2011

Ein Unternehmen der Droemerschen Verlagsanstalt
Th. Knaur Nachf. GmbH & Co. KG, München

Umschlaggestaltung: ZERO Werbeagentur, München
Umschlagabbildung: FinePic®, München
Satz: Adobe InDesign im Verlag
Druck und Bindung: CPI – Clausen & Bosse, Leck
Printed in Germany
ISBN 978-3-426-50936-4

2 4 5 3 1

»Warum wollte er verschwinden?«
»Damit jemand nach ihm sucht, glaub ich.«

1

Der Tag, an dem sein Vater ihn im Zeno-Haus abgab, war heute.

Der Tag war immer heute. Der 18. November war jeden Tag, seit ungefähr einem Monat. Und wenn es schneite, so wie heute, dann erst recht.

Welcher Tag genau heute war, wusste Adrian nicht, interessierte ihn auch nicht. Für ihn fing jede Nacht gegen elf der 18. November an. So war das. Karla, die Erzieherin, meinte, das wäre nicht schlimm, wichtig sei, dass er sich aufgehoben fühle und keine Angst mehr vor der Dunkelheit habe. Das stimmte. Er hatte keine Angst mehr, jedenfalls solange im Flur ein Licht brannte, das er durchs Schlüsselloch sehen konnte. Von seinem Bett aus hatte er die Tür gut im Blick, und wenn er einschlief, war das Licht immer noch da.

Wegen Adrian und der Sache mit der Dunkelheit lag Nepomuk seit einem Monat andersherum im Bett und schaute zum Fenster. Falls er überhaupt wo hinschaute. Nepomuk schlief schneller ein als der Opa Arnulf, von dem Adrian erzählte und den der immer in seiner Schreinerei in der Sedanstraße besucht hatte. Opa Arnulf brauchte sich bloß in seinen alten roten Sessel zu setzen, schon fing er an zu schnarchen. Manchmal saß Adrian dann noch auf seinem Schoß.

Wenn Adrian an seinen Opa und dessen brummige Stimme dachte, wurde er so traurig, dass er glaubte, die Tränen liefen ihm aus den Ohren. Dagegen konnte er nichts

tun, außer sich die Ohren zuzuhalten und die Augen zuzukneifen. So wie jetzt.
Dabei hatte er jetzt keine Zeit, an seinen toten Opa zu denken. Er war auf der Flucht und musste aufpassen, dass niemand ihn erwischte. Karla, die Nachtdienst hatte, war in der Küche gewesen, als er mit leisen Schritten verschwand, in seinem roten Anorak, die blaue Mütze tief in die Stirn gezogen. Sein Plan funktionierte.
Das einzig Blöde war, dass er Gängsta, seinen Elch, in der Aufregung vergessen hatte. Das hatte er nicht geplant.
Als die sechsundvierzigjährige Erzieherin Karla Tegel ins Zimmer kam, um die beiden Jungen zu wecken, war Adrian schon unsichtbar für alle.
Heute, dachte er, und den Gedanken hatte er schon die ganzen letzten Tage heimlich gehabt, würden seine Eltern für ihn zum letzten Mal der 18. November sein.
Und weil er Fanny etwas versprochen hatte, zog er das silberne Handy aus der Anoraktasche, tippte ihre Nummer und schrieb: *liebe fanny, ich fahr jetz mit der strasenbahn zum opa anulf. serwus.*

»Von welchem Handy hat er das geschrieben?«, fragte Karla Tegel die elfjährige Fanny.
»Weiß nicht.«
»Und wann hast du die Nachricht bekommen?«
»Vorher.«
»Wann vorher?« Karla dachte hundert Dinge gleichzeitig, während sie mit dem Mädchen die Treppe ins Erdge-

schoss hinunterging, wo an einer Tafel die wichtigen Telefonnummern hingen.

»Vor einer halben Stunde, ungefähr.«

»Und warum sagst du mir erst jetzt Bescheid?«

»War auf dem Klo. Hab doch das Handy bloß eingeschaltet, damit vielleicht die Mama anruft.«

»Zeig mal her.« Die Erzieherin nahm Fanny das Gerät aus der Hand und las die Detailangaben: *Empfangen: 7:13:43, Heute.* Darüber stand der Name des Handybesitzers: Karla Tegel.

Sofort tippte sie ihre Nummer, aber es sprang nur die Mailbox an. Zehn Minuten später versuchte sie es erneut, wieder ohne Erfolg. Diesmal hinterließ sie eine Nachricht. Er möge sich melden, alle im Haus würden sich große Sorgen machen. Noch während sie redete, wusste sie, er würde nicht zurückrufen.

Sie saßen im Gute-Wünsche-Raum im Halbkreis, die Hände im Schoß gefaltet, eine Weile schweigend und ohne einander anzusehen.

Für die Leiterin des Sankt-Zeno-Hauses, die einundfünfzigjährige Familientherapeutin Ines Hermann, zählte das Verschwinden eines Kindes zunächst nicht zu den schlimmsten Zwischenfällen, die sie sich vorstellen konnte oder bereits erlebt hatte. Väter oder Mütter, die ins Haus einzudringen und ihr Kind zu entführen versuchten, oder Kinder, die in die Küche stürzten und mit gezückten Messern wieder herauskamen, gehörten zu jenen Erfahrungen, die keine der Mitarbeiterinnen ein zweites Mal machen wollte. Dass ein Kind aus lauter Heimweh weglief, war in den siebzehn Jahren, seit das Haus existierte, schon ein paarmal vorgekommen, und immer endete der Ausbruch mit einem halbwegs versöhnlichen Ende. Das bedeutete, das Kind kehrte in die Gruppe zurück und akzeptierte die – vorübergehende – Trennung von den Eltern, wenn auch mit einer Narbe im Herzen.

Das Verschwinden des zehnjährigen Adrian verwirrte die erfahrene Therapeutin. Zum einen hatte sie dem eher phlegmatischen, in sich gekehrten Jungen einen solchen Schritt nicht zugetraut. Zum anderen hatte er in den vergangenen Tagen von nichts anderem gesprochen als von seiner Vorfreude auf Weihnachten und davon, wie schön es für ihn sei, dass auch seine besten Freunde Nepomuk und Bastian nicht nach Hause gehen mussten, sondern im Zeno-Haus bleiben durften.

Adrian nannte es »nach Hause gehen MÜSSEN«, weil für ihn der Heilige Abend, wie Ines Hermann mühsam herausgefunden hatte, so etwas wie eine Strafe war. Nepomuk und Bastian dagegen würden sofort aufspringen und losrennen, wären ihre Eltern in der Lage, auch nur einen Schritt auf sie zuzugehen und ihre rabiaten Egoismen und gegenseitigen Verachtungsmechanismen wenigstens für zwei Tage zu überwinden.

Ines Hermann hätte dem Tänzeln der Schneeflocken vor dem Fenster weiter zugesehen, wenn Fanny die Stille nicht unterbrochen hätte.

»Der Adrian kommt vielleicht schon wieder.«

Fanny, dachte die Erzieherin Karla oft, lebte in einer Welt, in der nichts sicher war, vieles schien möglich zu sein – zum Beispiel, dass ihre Mutter anrief –, aber dann auch wieder nicht. Deswegen tauchte in jedem zweiten Satz von ihr ein »vielleicht« auf, für Fanny wahrscheinlich das logischste Wort der Welt.

»Was hat er dir erzählt?«, fragte Ines Hermann, die links neben dem Mädchen saß. Fanny sah sie nicht an, sie spielte mit ihrem rosafarbenen Handy und drückte es an sich wie ein Baby. »Wieso hast du ihn nicht daran gehindert wegzulaufen?«

»Adrian ist nicht weggelaufen, er ist gegangen ...«

»Zu seinem Opa.« Karla Tegel saß dem Mädchen schräg gegenüber, links neben ihr der neunjährige Nepomuk und neben ihm die Erzieherin Yasmin Ebert.

»Ja, schon.«

»Und?«

»Sein Opa ist doch schon tot, hast du das vergessen, oder was?«

»Ich habe es nicht vergessen«, sagte Karla Tegel mit ruhiger Stimme. Sie warf einen Blick zur gelben Couch unter dem Fenster, auf der der achtjährige Bastian und die neunjährige Clarissa saßen, regungslos, mit zusammengepressten Lippen und blassen Gesichtern. Bastian umklammerte seinen grauen Stoffelefanten, Clarissa zupfte ununterbrochen am Dirndl ihrer blond gelockten Puppe.

»Ich wiederhole noch einmal«, sagte Ines Hermann zu Fanny. »Du hast nicht mit eigenen Augen gesehen, wie

Adrian das Haus verlassen hat. Und du, Nepomuk, hast auch nichts bemerkt.«

Der Junge schüttelte den Kopf.

»Du hast halt einen Mordsschlaf«, sagte Yasmin Ebert.

Nepomuk schüttelte weiter den Kopf, hielt inne und nickte mehrere Male. Yasmin anzuschauen, traute er sich nicht. Die großen kohleschwarzen Augen der Achtunddreißigjährigen strahlten eine Eindringlichkeit aus, die manchen Kindern Furcht einflößte, zumindest bei den ersten Begegnungen. Zudem war Yasmin Ebert eine für ihren Beruf ungewöhnlich wortkarge Frau, was Nepomuk manchmal derart verstörte, dass er zu stottern anfing. Er dachte, er müsse augenblicklich so viel wie möglich erzählen und Dinge zugeben, die er nicht getan hatte.

Über die Erzieherin hatte er schon öfter mit Adrian gesprochen, abends im Zimmer, wenn niemand mehr hereinkam. Wie Verschwörer kauerten sie dann vor Adrians Bett auf dem bunten Teppich, zogen die Bettdecke über die Köpfe und tuschelten und rätselten über Yasmins garantiert finstere Vergangenheit. Wenn sie schließlich ins Bett krochen und jeder seine eigene Bettdecke über den Kopf zog, erschien ihnen Yasmin noch unheimlicher als zuvor.

Erst gestern Abend hatten sie wieder flüsternd nebeneinandergehockt und keine Erklärung gefunden, wieso Yasmin an diesem Tag so wenig geredet und so brutal viel geschaut hatte.

»Ich bin mir nicht sicher, ob ich dir glauben kann.« Das Gesicht von Ines Hermann zeigte eine Strenge, die jeder im Raum kannte und die Kinder schlagartig verstummen ließ. Auf diese Wirkung war die Therapeutin jedes Mal ein wenig stolz.

Sie sah Fanny so lange an, bis das Mädchen den Kopf hob. »Was hat Adrian dir anvertraut?«

»Er hat gesagt, er geht weg.« Fanny bemerkte, dass Nepomuk sie anstarrte, aber sie ließ sich nichts anmerken. Dass sie offensichtlich mehr wusste, als sie zugeben wollte, blieb den Erzieherinnen nicht verborgen, andererseits hofften sie gerade deshalb darauf, dass Adrian nicht einfach ausgerissen war, sondern ein bestimmtes Ziel verfolgte und danach wohlbehalten zurückkehren würde.

Fanny zögerte einen Moment, dann stand sie auf, stemmte die Hände in die Hüften und blickte wie eine mahnende Lehrerin in die Runde. »Ihr sollt ihn in Ruhe lassen. Das hat er zu mir gesagt, genau das. Und sonst gar nichts. Und jetzt geh ich zu den anderen, die verstehen, was ich mein.«

»Du bleibst bitte hier«, sagte Ines Hermann. »Setz dich wieder. Wenn du uns nicht die Wahrheit sagst, müssen wir die Polizei einschalten. Dann muss jeder von euch mit einem Polizisten sprechen, und wenn die Polizei den Adrian gefunden hat, kommt er in ein Heim, aus dem er nicht weglaufen kann. Willst du das, Fanny? Willst du das, Nepomuk?«

Wie vorhin schüttelte der Junge heftig den Kopf. Aus furchtvollen Augen sah er erst die Leiterin an, dann Karla, und als sein Blick zu Yasmin weiterhuschte, hielt er vor

Schreck die Luft an. Karla biss sich auf die Lippe, um nicht zu lachen, während ihre Kollegin nicht die geringste Regung zeigte, was Nepomuk noch mehr einschüchterte.

»Der kommt schon wieder, Mann«, sagte Fanny und ließ sich widerwillig auf den roten Stuhl fallen.

Nepomuk hörte auf, den Kopf zu schütteln, und riss den Mund auf, weil er keine Luft mehr bekam.

»Willst du uns etwas mitteilen?«, sagte Yasmin.

»Ich weiß nichts.« Nepomuks Stimme war dünn und zittrig.

Gerade, als Ines Hermann näher an Fanny heranrücken wollte, gab deren Handy einen Ton von sich. Sofort sah das Mädchen aufs Display.

»Eine SMS von Adrian?«, sagte Karla.

»In der Straßenbahn stinkt's«, las Fanny vor. »Was machst du grad?«

»Darf ich's lesen?« Karla beugte sich vor und streckte die Hand aus. Fanny dachte daran, was sie wusste und niemals sagen würde, und hielt der Erzieherin das Handy hin. Karla las: *in der strasenbahn stingts. was machs du grad.* Wieder kam die Nachricht von ihrem eigenen Handy, das der Junge ihr offensichtlich nachts, als sie schlief, geklaut hatte. »Das Handy behalte ich vorläufig«, sagte Karla. »Du bekommst es zurück, sobald Adrian wieder im Haus ist.«

»Von mir aus.« Fanny verschränkte die Arme, stellte die Füße, an denen sie grüne dicke Wollsocken trug, übereinander und sah mit ihrem meisterhaft eingeübten, im ganzen Haus bekannten Langeweileblick zur Tür.

Eine Weile herrschte Schweigen.
Bastian, der Junge auf der gelben Couch, hatte angefangen, mit den Beinen zu wippen. Clarissa, das Mädchen neben ihm, hielt ihrer Puppe die Hand vors Gesicht, warum auch immer.

Karla dachte an Adrians Vater, der, wenn er von dem Verschwinden seines Sohnes erfuhr, zum Zeno-Haus eilen und einen vor Beleidigungen strotzenden Aufstand veranstalten würde, bevor er im schlimmsten Fall die Polizei alarmierte und die verantwortliche Erzieherin wegen Verletzung der Aufsichtspflicht anzeigte.
Für die Entscheidung des Jugendamtes, seinen Sohn zeitweise im Zeno-Haus unterzubringen, bis eine Lösung des innerfamiliären chaotischen Zustands in Sicht wäre, hatte Ludwig Richter nur Verachtung übrig. Obwohl er den Aufnahme-Vertrag gemeinsam mit Adrians Mutter unterschrieben hatte, drohte er, alles daranzusetzen, um seinen Sohn »so schnell wie möglich aus den Klauen des staatlichen Vormunds« zu befreien.
Abgesehen davon, dass das Zeno-Haus eine städtische Einrichtung war, gehörten solche Reaktionen zum Alltag der Mitarbeiterinnen. Allerdings neigte Richter zu Gewalttätigkeit, vor allem, wenn er getrunken hatte. Das war auch der Grund gewesen, warum Hannah Richter die gemeinsame Wohnung verlassen und in die Pension einer Freundin in Bahnhofsnähe gezogen war, in eine »Nuttenabsteige«, wie Richter erklärt hatte.
Nach wiederholten Beschimpfungen am Telefon hatte

Ines Hermann ihm untersagt, noch einmal anzurufen, und als er es trotzdem tat, ihm die Polizei ins Haus geschickt.
Seither war Ruhe. Mit Adrians Mutter zu sprechen war zwar möglich, führte aber bisher zu keinerlei Verbesserungen zwischen den Eheleuten.
»Bitte geht jetzt in eure Zimmer«, sagte Ines Hermann. »Und vorher schickt jeder von uns noch einen guten Wunsch für Adrian durchs Fenster.«
Fanny und Yasmin schoben ihre Stühle herum, die anderen wandten nur den Kopf zum Fenster. Bastian und Clarissa sprangen von der Couch und drehten sich um.
»Ich wünsche dir, dass du schnell wieder da bist, damit der Gängsta sich nicht fürchtet«, sagte Nepomuk und faltete die Hände.
»Ich wünsche dir, dass dein Opa sich freut, wenn du kommst«, sagte Bastian, »und der Toto auch.«
»Der ist doch tot«, sagte Clarissa und tippte sich mit dem Zeigefinger der Hand, in der sie die Puppe hielt, an die Stirn.
»Ist nicht tot, der Toto!« Bastian streichelte seinem Stoffelefanten den Kopf und zog am Rüssel.
»Der Toto doch nicht, du Dödelsepp«, sagte Clarissa. »Der Opa vom Adrian ist tot.«
»Ach so, ja.«
»Was wünschst du dem Adrian?«, fragte Karla das Mädchen vor der Couch.
Clarissa sagte: »Ich wünsch ihm, dass es aufhört zu stinken in der Straßenbahn.«

»Und ich wünsch ihm, dass er wieder gut zu uns nach Hause kommt«, sagte Karla.
»Das wünsche ich ihm auch«, sagte Yasmin.
Ines Hermann wandte sich an Fanny. »Jetzt bist du dran.«
Fanny schien nachzudenken, aber in Wahrheit wusste sie längst, was sie sagen wollte. »Ich wünsch ihm, dass er seine Mama trifft und dass sie ihn nicht wegschickt.«
Nachdem auch Ines Hermann dem Jungen eine gute und schnelle Heimkehr gewünscht hatte, verließen die Kinder den Raum. In der Küche warteten bereits zwei Zwölf- und zwei Dreizehnjährige auf sie. Die Jugendlichen hatten im zweiten Stock ihre Zimmer und praktisch keinen Kontakt mit Adrian und auch kaum mit den anderen, kleineren Kindern. Unter den Jugendlichen in der Küche waren zwei Geschwister, ein Mädchen und ein Junge, die nur miteinander redeten, eng aneinandergeschmiegt, jeder auf seinem Stuhl.
Oben, im Gute-Wünsche-Raum, öffnete Karla Tegel das Fenster. Schneeflocken wehten herein. Die beiden anderen Frauen standen gleichzeitig auf.
»Ich bleib hier«, sagte Ines Hermann, »und ihr macht euch auf den Weg.«

2

In Karlas weißem Smart fuhren die beiden Erzieherinnen zunächst vom St.-Zeno-Weg in Giesing in den benachbarten Stadtteil Haidhausen und klingelten bei der Familie Richter. Eine Nachbarin aus der Pariser Straße sagte, sie hätte Herrn Richter vor ungefähr einer Stunde auf dem Weihnachtsmarkt am Orleansplatz gesehen, »nüchtern war der nicht mehr, glaub ich«.

Den Glauben der Frau konnten Karla und Yasmin im Gewühl zwischen den Holzbuden nicht verifizieren. Auf dem Foto, das sie aus Adrians Zimmer mitgenommen hatten und das den Jungen mit seinen Eltern im Biergarten zeigte, trug Ludwig Richter einen Strohhut, der einen Schatten auf sein Gesicht warf. Dennoch waren der dunkle Bart und die große Nase deutlich zu erkennen. Karla hatte bisher zweimal mit ihm gesprochen, Yasmin noch nie.

Im Duft nach Glühwein, Bratwürsten und Gebäck drängten sich die beiden Frauen zwischen den Marktbesuchern hindurch. Sie blieben an jedem Ausschank stehen und betrachteten die Leute mit ihren dampfenden Tassen. Von Richter keine Spur.

Anschließend rief Yasmin Ebert zum zweiten Mal, seit sie unterwegs waren, Karlas Nummer an. Wieder erreichte sie nur die Mailbox.

Adrian hatte keine neue SMS geschrieben.

Auf dem Ostfriedhof, der die Stadtteile Giesing und Au trennte, verbrachten sie fast eine Stunde. Sie hatten keine

Ahnung, wo sich das Grab von Arnulf Richter, Adrians Großvater, befand, und streiften auf gut Glück durch die verschneiten Gräberreihen. Krähen hockten auf den schweren Ästen der Nadelbäume, einige hüpften über die Wege, auf der Suche nach Nahrung.

Von den älteren Frauen, denen Karla das Foto der Familie Richter zeigte, hatte keine den Jungen gesehen. Auf vielen Gräbern brannten rote Lichter. Hinter der Nordmauer brauste ein Fernzug in Richtung Österreich, vom Gleisbett an der Ostseite drang das Quietschen der S-Bahnen herüber.

Während Karla Tegel sommers wie winters stundenlange Spaziergänge auf städtischen Friedhöfen unternahm – besonders in den parkähnlichen Anlagen wie dem Ost- oder Waldfriedhof –, besuchte Yasmin Ebert die Gräber ihrer Angehörigen höchstens ein Mal im Jahr. Friedhöfe versetzten sie in eine miese Stimmung.

Als sie beschlossen, die Suche zu beenden, beschleunigte Yasmin ihre Schritte und wartete danach fast eine Viertelstunde auf Karla, die ihr Auto vor einem Blumenladen in der Franziskanerstraße abgestellt hatte. Bevor sie einstiegen, wählte Yasmin zum dritten Mal die Nummer von Adrians Mutter.

Endlich meldete sich Hannah Richter. »Was ist?«

»Yasmin Ebert aus dem Zeno-Haus.«

»Was ist?«

»Wie geht es Ihnen, Frau Richter?«

»Was ist?«

»Sind Sie betrunken?«

»Nein.«
»Können Sie mir etwas über Ihren verstorbenen Schwiegervater erzählen?«
»Jetzt?«
»Ja.« Yasmin setzte sich auf den Beifahrersitz, ließ die Tür halb geöffnet. Karla hörte hinter dem Lenkrad zu.
»Fragen Sie meinen Sohn, der hat den gut gekannt.«
»Sie haben ihn auch gekannt. Ihr Sohn erzählt öfter mal von ihm, und wir würden gern wissen, was er für ein Mensch war.«
»Tüchtiger Schreiner. Ich mocht ihn nicht, er hatte eine verschlagene Art, er wollte was von mir. Der eigene Schwiegervater. Gesagt hat er nie was, nur gegafft. Das kennt man. Wie geht's meinem Jungen?«
»Es geht ihm gut. Er hat gesagt, er will seinen Opa besuchen. Wir verstehen das nicht, was meint er damit? Das Grab auf dem Ostfriedhof?«
»Weiß ich nicht.«
»Hatten die beiden einen speziellen Treffpunkt? Einen Ort, wo sie nur zu zweit hingingen?«
Yasmin hörte, wie Hannah Richter sich eine Zigarette anzündete und tief inhalierte. »Er hat ihn ständig in der Schreinerei besucht, sonst nirgends. Arnulf ist seit drei Jahren tot. Was wollen Sie eigentlich von mir?«
»Hatten Sie in den letzten Tagen Kontakt mit Ihrem Sohn?«
»Das würden Sie doch wohl wissen.« Hannah rauchte. Plötzlich war Straßenlärm zu hören, Autos hupten.
»Wo sind Sie, Frau Richter? Immer noch in der Pension?«

»Ist noch was?«

»Wir würden es sehr schön finden und auch wichtig für Ihr Verhältnis zu Adrian, wenn er an Weihnachten zumindest ein paar Stunden mit Ihnen verbringen könnte.«

»Das kann ich nicht. Wiedersehen.« Sie kappte die Verbindung.

Im ersten Moment glaubte Yasmin an einen technischen Defekt.

»Wir brauchen dringend Unterstützung«, sagte Karla und startete den Motor.

Yasmin schnallte sich an. »Polizei?«

»Erinnerst du dich an Tabor Süden?«

»Ich erinnere mich gut an Sie«, sagte Ines Hermann zur Begrüßung. »Haben Sie sich inzwischen wieder eingelebt in der Stadt?«

Süden klopfte seine schneebedeckten Schuhe auf dem Fußabstreifer ab und dachte: Ich habe mich nie ausgelebt.

»Unbedingt«, sagte er, nahm seine graue Wollmütze ab, zog den Reißverschluss seiner Daunenjacke auf, sog den Duft nach frischem Kaffee ein.

Vor mehr als einem Jahr war er schon einmal im Zeno-Haus gewesen. Seine neue Chefin, Edith Liebergesell, hatte ihn gebeten, bei der Suche nach einem verschwundenen Mädchen zu helfen, nachdem seine ehemaligen Kollegen von der Vermisstenstelle der Kripo nach zwei Tagen noch immer keine Spur gefunden hatten. Für Süden stand bald fest, dass eine Freundin der elfjährigen

Sandra Bescheid wusste, aber natürlich totales Schweigen geschworen hatte.
In der Nacht stellte er sich an die Tür ihres Zimmers und wartete ab. Fünf Drohungen später, sie würde das Jugendamt, die Polizei und ihren Vater einschalten, weil sie sich von dem »fetten Kerl in meinem Privatbereich« bedroht fühlte, brach sie in einen Weinkrampf aus, dem Süden eine Weile zuhörte, bevor er sie an der Schulter packte, hochhob, in der Luft zappeln ließ, bis sie vor Schreck aufhörte zu heulen, und sie wieder aufs Bett setzte, ohne sie loszulassen.
Er sah sie an, ihr tränennasses Gesicht, ihre rotzverschmierte Nase, ihre geschürzten Lippen, und fragte sie, wo Sandra sich aufhalte. Unter einem mächtigen Schluckauf stammelte sie den Namen eines Jungen.
Eine halbe Stunde später holte Süden gemeinsam mit Ines Hermann und Karla Tegel die Elfjährige aus dem Zimmer eines Vierzehnjährigen in der Reichenhaller Straße, in unmittelbarer Nähe des Zeno-Hauses. Sandra erklärte, sie habe sich dort aufgehalten, weil sie in den Jungen verliebt sei. Dieser jedoch, so stellte Süden in der ersten Vernehmung fest, hatte bloß seinen Spaß daran, ein polizeilich gesuchtes Mädchen bei sich zu verstecken. Allem Anschein nach ließ er sie in seinem Bett schlafen, ohne sie anzurühren, was Sandra bestätigte.
Die Vermissung der Schülerin war einer der ersten Aufträge in seiner neuen Funktion als Mitarbeiter der Detektei Liebergesell gewesen.
Nach zwölf Jahren als Hauptkommissar auf der Vermiss-

tenstelle der Kripo in München und sieben Jahren am Kölner Eigelstein, wo er – nach seinem freiwilligen Ausscheiden aus dem Staatsdienst – privaten Trinkern Tag für Tag und Nacht um Nacht ihren schmerzlich vermissten Nachschub servierte, war er, relativ eurolos, in seine Heimatstadt zurückgekehrt.

Hier erfuhr er vom Tod seines Vaters, den er seit seinem sechzehnten Lebensjahr nicht mehr gesehen hatte.

Schließlich tauchte er in Edith Liebergesells Büro am Sendlinger-Tor-Platz auf, was ihn selbst am meisten irritierte, weil er in Wahrheit keinerlei Vorstellungen von seiner Zukunft hatte. Eine Woche später unterschrieb er den Vertrag, eröffnete ein Konto und bezog auf Vermittlung seiner Chefin eine kleine Wohnung in seinem Hausviertel Giesing.

Die architektonischen Veränderungen und Neubauten in der Stadt beeindruckten ihn teilweise, während er die allgemeine Alltagsunhöflichkeit in Geschäften und Gasthäusern wie das vertraute Brummen einer in seinem Ohr beheimateten Hummel empfand.

An den üblichen, im Stehen stolpernden Selbstdarstellern der Stadt weidete er, wenn die Sonne schien oder er friedvoll bebiert war, seine Blicke.

Nachts redete er manchmal mit seinem toten Freund und Kollegen Martin Heuer, den er seit der Kindheit gekannt und der sich mit seiner Dienstpistole erschossen hatte. An derlei zwielichtige Zwiegespräche hatte Süden sich gewöhnt wie an seine Existenz als Zwangsmünchner, denn wegzukommen schien unmöglich.

»Den Kaffee mit Milch und Zucker?«, fragte Ines Hermann.
»Schwarz«, sagte Süden.
Als das von seiner Chefin verordnete und gekaufte Handy geklingelt hatte, war er gerade auf einem Marktplatz in Nichtmünchen Bob Dylan begegnet. Dieser ging vornübergebeugt, in einem schwarzen Mantel und mit einem dunklen Hut, zielstrebig in eine bestimmte Richtung. Er sprach ihn an, sagte irgendetwas, und Dylan lud ihn ein, zu einem Konzert mitzukommen, das er gleich in einem nahen Club geben würde.
Obwohl Süden den amerikanischen Sänger und Dichter seit früher Jugend verehrte, hatte er trotz aller mentalen Anstrengungen noch nie von ihm geträumt. Bis heute Morgen.
Und noch bevor er den Club erreichte, scheuchte ihn das verhasste Handy in die Scharfreiterstraße nach Giesing zurück. Er wartete, bis die Mailbox ansprang, und drehte sich dann noch einmal auf die linke Seite, nahm die Position ein, von der er glaubte, sie habe ihn direkt zum Meister geführt. Lächerliches Unterfangen. Er stieß die Bettdecke zu Boden, schlurfte ins Bad, hustete ausführlich ins Waschbecken und stellte sich gemäß seinem Motto »Ja zum Kreislauf!« unter die polarkalte Dusche.
Zehn Minuten später telefonierte er mit Edith Liebergesell, die ihn fragte, wie er die gestrige Weihnachtsfeier verkraftet habe. Die Frage erschien ihm eigenartig, da er nachweislich am Leben war und nicht begriff, was an einer Weihnachtsfeier so schwer sein sollte.

In seiner Zeit bei der Kripo hatte er auf solchen Feiern gelegentlich Luftgitarre mit Martin Heuer gespielt. Dies löste nicht durchwegs Beifallsstürme aus, stellte dafür eine Simulation von Kurzweil auf einer Veranstaltung dar, an der er freiwillig niemals teilgenommen hätte.

Blendend verkraftet, sagte er am Telefon zu seiner Chefin, bevor sie ihm vom Anruf aus dem Zeno-Haus berichtete. Obwohl das Haus im selben Viertel lag, brauchte er mehr als eine Stunde dorthin. Er ging zu Fuß und machte immer wieder Pausen, legte den Kopf in den Nacken und öffnete den Mund für Schneeflocken.

Außerdem schlug er zweimal die falsche Richtung ein.

»Wir dachten, Sie hätten sich verlaufen.« Karla Tegel hielt ihm einen Teller mit Weihnachtsplätzchen hin. »Haben die Kinder gebacken.«

Süden aß zwei mit bunten Streuseln und Schokolade glasierte Sterne, trank zwei Tassen Kaffee und hörte zu, was die Frauen ihm erzählten. Dann nahm er das rosafarbene Handy und las Adrians Kurznachrichten.

»Die Polizei kann das Handy orten lassen«, sagte er.

»Ja«, sagte Ines Hermann. »Aber Sie sind bestimmt schneller.«

In ihrem Zimmer im ersten Stock wartete Fanny schon auf ihn. »Das ist super, dass Sie wieder da sind. Ich war auch schon da, als Sie die Sandra gefunden haben, das war eine Spitzenleistung, Herr Kommissar.«

»Ich bin kein Kommissar.« Er stand im Türrahmen und traute sich nicht, einzutreten.

Das Mädchen hüpfte in ihren grünen Wollsocken durchs

Zimmer und schien sich über Südens Auftauchen unbändig zu freuen. Auf einem der beiden Betten saß ein zweites Mädchen, an die Wand gelehnt, mit einer Puppe, die ein Dirndl trug. Dieses Mädchen schaute stumm und mit großen Augen zu.

»Sie sind der Allerbeste«, rief Fanny. »Wenn der Adrian mitkriegt, dass Sie nach ihm suchen, kommt er vielleicht gleich zurück. Der war damals noch nicht da, aber wir haben ihm alle von Ihnen erzählt, wie Sie die Sandra entdeckt haben und wie Sie das geschafft haben ...«

Süden schwieg.

Das Mädchen hörte nicht auf zu reden. Hinter ihm standen Ines Hermann und Karla Tegel. Aus dem oberen Stock hörte er Rockmusik. Fanny sagte: »... Sie haben auch wieder Ihre blaue Kette um, die hab ich mir gemerkt, so eine Kette hat nicht jeder, wo haben Sie die her, ich würd auch gern ...«

»Fanny«, sagte Süden.

Mit halboffenem Mund blieb Fanny vor ihm stehen.

»Sei still, ich muss nachdenken.«

Nach fünf Sekunden sagte sie: »Worüber denn?«

3 Sein Nachdenken diente dem Stillsein. Anschließend bat er Fanny und Nepomuk, im Gute-Wünsche-Raum auf ihn zu warten, und ließ sich von Karla Tegel die Räume im Haus zeigen. Wie im Fall Sandra folgte er der bei vergleichbaren Vermissungen naheliegendsten Spur. Oft versteckten sich Kinder und Jugendliche an Orten, die sie besonders gut kannten, im Keller, auf dem Speicher, im Gartenhaus, in einem Baumhaus, bei einem Freund in der Nachbarschaft.

Die Treppe mit dem roten Handlauf führte vom zweiten Stock, wo die dreizehnjährigen Geschwister Leon und Miriam und die zwölf Jahre alten Max und Daniela ihre Zimmer hatten, bis in den Keller zur Werkstatt mit Werkbank und einer Menge Gerätschaften zum Basteln und Bauen. Nebenan im Tobe-Raum konnten die Kinder auf blauen Sportmatten herumturnen und auf eine Sprossenwand klettern. Im Flur stand ein Kicker-Kasten, der Lagerraum war abgesperrt.

»Haben Sie den Schlüssel dabei?«, fragte Süden. Karla musste ihn aus der Küche holen, wo er an einem Bord hing.

Der Raum war vollgestellt mit Umzugskartons, verstaubten Stühlen und Holzregalen, auf denen sich Aktenordner und Obstkisten mit Heften und Büchern stapelten. An der linken Wand standen ein schiefer Bauernschrank und daneben eine Truhe, auf der Wolldecken lagen. Nah bei der Tür versperrten Wasser- und Saftkisten den Weg.

»Der Schrank und die Truhe stammen noch von den Vorbesitzern«, sagte Karla. »Alles, was wir nicht brauchen, kommt hier rein. Ansonsten ist das unser Depot für Getränke und Dokumente über unsere ehemaligen Hauskinder.«

»Und es gibt nur den einen Schlüssel.«

»Ja.«

Karla sperrte wieder ab, und sie gingen zurück nach oben. »Nach dem Krieg stand hier das Haus der Familie Hemmerle«, erzählte die Erzieherin. »Das waren kirchenfromme Leute, er Kaminkehrer, sie Verkäuferin, die sich in ihrer Freizeit um Strafentlassene aus Stadelheim kümmerten. Sie stellten ihnen ein Zimmer zur Verfügung, gegen ein paar Mark für Essen und warmes Wasser, und halfen ihnen bei der Arbeitssuche. Als die Frau Hemmerle schwer krank wurde, verkauften sie das Haus an die Kirche. Nach dem Tod seiner Frau zog Hemmerle in eine billige Wohnung in der Nähe. In den Siebzigern wurde das Haus komplett umgebaut und modernisiert und fungierte als eine Art Frauenhaus, so wie die Stadt später eines ins Leben rief. Mitte der Neunziger verkaufte die Kirche das Anwesen samt Grundstück an die Stadt München, und der Kinderschutzbund als Träger eröffnete schließlich das Sankt-Zeno-Haus.«

Keuchend erreichte Süden den ersten Stock mit den roten, blauen und gelben Türen. Wenn er darüber nachdachte, wann er zum letzten Mal Sport getrieben hatte, stieg sein Blutdruck automatisch.

»Geht's noch?«, sagte Karla.

»Wer war Zeno?«
»Zenon war ein Bischof aus dem vierten Jahrhundert, er gilt als Schutzheiliger gegen Überschwemmungen.«
Süden stützte sich an einem Türrahmen ab, schnaufte, unterdrückte ein Husten. »Wenn die Isar jemals bis nach Obergiesing steigen sollte, kann der Zeno einpacken, dann helfen nur noch Hubschrauber, keine Heiligen.«
»Seien Sie nicht so fatalistisch. Wollen Sie jetzt mit Fanny und Nepomuk sprechen?«
»Unbedingt.«
»Die sind aber nicht hier, sondern oben im Gute-Wünsche-Raum.«
Das hatte Süden vergessen. Seine Hand lag schon auf der Klinke von Fannys Zimmertür. Karla lächelte. »Darf ich Sie was fragen? Haben Sie manchmal den Gedanken, selber zu verschwinden, abzuhauen, unterzutauchen, alles und alle einfach zurückzulassen? Die alten Bahnen von heut auf morgen zu verlassen?«
Süden lehnte sich ans Treppengeländer. Im selben Moment endete die Musik in einem der Zimmer im zweiten Stock. Nach einem Schweigen sagte er: »Nein, ich bin unsichtbar genug.«
»Find ich nicht, wenn ich Sie so anschau.« Sie schaute ihn an, und Süden hätte nichts dagegen gehabt, wenn sie ihr Schauen ausgeweitet hätte.
»Und Sie?«, sagte er. »Wollen Sie manchmal ausbrechen?«
»Ich kann jeden verstehen, der's tut.«
Süden sagte: »Ich auch. Obwohl die meisten Menschen

einer verkehrten Vorstellung von ihrem Andersleben anhängen. Sie halten sich für einen anderen, während sie darüber nachdenken, und verwechseln sich mit dem Spiegelbild in ihrer Vorstellung. Das macht nichts. Ein Aufbruch ist nicht mehr rückgängig zu machen, wer einmal sein Zimmer verlassen hat, wirft einen neuen Schatten, auch als Zimmerling.«

»Sind Sie ein Zimmerling?«, fragte Karla.

Als Süden, am Geländer lehnend, den Kopf in den Nacken legte, sah er oben das blasse Gesicht eines Jungen mit zerzausten Haaren.

»Wann kommst du endlich?«, sagte Nepomuk mit leiser Stimme.

»Jetzt.«

Der Kopf verschwand, Nepomuk lief in den Raum mit der gelben Couch zurück.

»Ich lass Sie allein«, sagte Karla. Wieder sah sie ihn an, und wieder wäre er gern länger in ihrem Blick geblieben.

»Was wollten Sie im Keller unten?«

Fanny trippelte auf und ab und baute sich vor Süden auf, der an der geschlossenen Tür stehen geblieben war. »Haben Sie gedacht, der Adrian hat sich im Haus versteckt? Das wär ganz schön doof von dem. Der ist in der Stadt, sonst würd er mir doch nicht simsen, das versteht doch jeder.«

»Ich verstehe das«, sagte Süden. »Ich möchte von euch wissen, was für ein Junge der Adrian ist. Und ich möchte wissen, wann ihr den Adrian zum letzten Mal gesehen habt.«

Südens Schweigen schüchterte die Kinder ein, sie ließen ihn nicht aus den Augen. Sogar Fanny trat zwei Schritte zurück und drehte den Kopf zu Nepomuk, der mit angezogenen Beinen auf der Couch hockte, die Hände unterm Hintern. Süden bewegte sich nicht von der Stelle. Aus dem Parterre drangen die gedämpften Stimmen der Erwachsenen herauf.

»Gestern Abend beim Abendessen«, sagte Fanny.

»Das glaube ich nicht«, sagte Süden.

»Wieso nicht? Das stimmt fei, stimmt's, Nepo?«

Vor Schreck streckte der Junge die Beine aus, hielt sie waagrecht in der Luft, starrte Süden an und kippte dann auf die rechte Seite. »Weiß nicht.« Seine Stimme war kaum zu verstehen.

»Der Adrian redet vielleicht nicht viel«, sagte Fanny und betrachtete ihre grünen Socken. Dazu trug sie eine hellgraue Strumpfhose und ein gemustertes, rötlich braunes Wollkleid. Ihre braunen Haare waren kurz geschnitten, nachlässig, wie Süden fand, als habe sie selbst mit der Schere herumhantiert. Sie wirkte auf ihn wie jemand, der nicht den geringsten Wert auf sein Äußeres legt und auch nicht möchte, dass ein anderer Hand anlegt. Gleichzeitig strahlte sie eine muntere Neugier aus und hatte, dachte Süden, ein listiges Funkeln in den Augen.

»Und wenn er sich doch traut«, sagte Süden.

»Dann sagt er, dass er Hunger hat.«

»Der Adi hat immer Hunger«, murmelte Nepomuk, der schräg auf der gelben Couch lag, seine Füße baumelten in der Luft. Er trug eine blaue und eine schwarze Socke

und eine schwarz-gelb gepunktete Hose, die aussah wie die eines Schlafanzugs.
Süden sagte: »Wann hast du deinen Freund zum letzten Mal gesehen, Nepomuk?«
»In der Nacht.« Unruhig schlug der Junge die Füße gegeneinander. »Wir haben noch geredet, über die Yasmin. Weil die doch oft nie was sagt. Das ist unheimlich.« Er setzte sich aufrecht hin und rieb sich die Augen. »Kennst du die Yasmin?«
»Flüchtig«, sagte Süden. »Wie lang habt ihr über sie gesprochen, der Adi und du?«
»Weiß nicht.«
Mit einer heftigen Bewegung wandte Fanny sich zu ihm um. »Immer weißt du nie was, du hast gar keine Ahnung, die Clarissa hat schon recht, du bist ein Dödelsepp.«
»Bin kein Dödelsepp, du bist blöd.«
»Der Adrian wollt lieber mit dem Bastian in einem Zimmer sein«, sagte Fanny. »Aber die Yasmin wollt das nicht, deswegen redet ihr schlecht über sie, und das ist gemein.«
Nepomuk kratzte sich an der Hand. »Die Yasmin hat so schwarze Augen, und der Adi sagt, sie hat ein Geheimnis, das niemand kennt.«
»Du bist vielleicht blöd. Wenn sie ein Geheimnis hätt, das jeder kennt, wär's doch kein Geheimnis.« Sie drehte sich wieder zu Süden um. »Den dürfen Sie nicht ernst nehmen, der hat Kieselsteine im Kopf.«
»Hab keine Kieselsteine im Kopf.«
»Doch.«

»Nepomuk«, sagte Süden. »Später in der Nacht hast du nichts gehört oder gesehen. Und in der Früh auch nicht.«

Der Junge schüttelte den Kopf.

»Adrian hat sich also aus dem Zimmer geschlichen, hat Karlas Handy genommen und ist aus dem Haus gelaufen. Und du, Fanny, hast dann eine Nachricht von ihm bekommen.«

Die Kinder sahen ihn reglos an. »Das glaube ich nicht«, sagte Süden zum zweiten Mal. »Irgendjemand muss etwas bemerkt haben.«

»Ich nicht«, sagte Nepomuk. Es war mehr ein Hauchen.

»Und ich auch nicht, hab ich doch schon tausend Mal gesagt.«

Süden sagte: »Was sollen wir jetzt tun?«

Fanny schürzte die Lippen. »Sie trinken noch einen Kaffee, und ich wart, bis der Adrian sich wieder meldet.«

»Und dann?«

»Ich schreib dann zurück. Die Karla soll mir mein Handy wiedergeben.«

»Du besitzt kein Handy, Nepomuk«, sagte Süden.

Der Junge schüttelte den Kopf.

»Der Adrian wollt immer was schreiben«, sagte Fanny. »Das macht der dauernd. Wenn die Frau Hermann ihr Handy rauszieht, will er gleich was simsen, bei der Karla und der Yasmin auch, und beim Paul.«

»Wer ist Paul?«

»Der macht Zivildienst bei uns.«

»Der ist nett, der Paul.« Nepomuk zog die Beine wieder auf die Couch und legte das Kinn auf die Knie.

»Er ist also ein Simser, der Adrian«, sagte Süden.
Fanny grinste und hüpfte durchs Zimmer. »Sims sims sims, simsalabim.«
Jemand klopfte an die Tür. Süden öffnete. Karla stand draußen, mit dem rosafarbenen Handy in der Hand. »Er hat sich wieder gemeldet«, sagte sie. »Ich wollte ihn gleich anrufen, aber er hatte schon wieder die Mailbox eingeschaltet.« Sie gab Süden das Gerät.
halo. bin daheim, schauen, ob die mama da is oder nicht. schüs.
Süden gab Karla das Handy zurück. »Daheim ist bei ihm zu Hause?«
»Das müssen wir überprüfen. Aber ich glaube, er meint etwas anderes. Seine Mutter wohnt vorübergehend in einer Pension beim Bahnhof, die heißt Hotel Daheim.«
»Ich fahre hin«, sagte Süden.
»Ich komm mit«, rief Fanny.
»Nein«, sagte Karla. »Ich möchte, dass du dem Adrian eine Nachricht schickst, jetzt sofort.«
»Kann ich auch unterwegs«, sagte das Mädchen. »Bitte nehmen Sie mich mit, Herr Süden, bitte, bitte.«
»Nein«, wiederholte Karla und wartete auf eine Reaktion von Süden, der zum Fenster sah, vor dem dicke weiße Flocken fielen.

4 *der süden sucht dich, du sollst sagen, wo du bist, alle denken, ich weiß was, ich weiß aber nichts, die fanny.*

Wie ein Süden ihn suchen sollte, begriff Adrian zuerst nicht. Süden war da, wo die Berge waren, und der Norden war oben bei der Autobahn nach Berlin. Nach dem vierten Lesen fiel ihm ein, dass Fanny mal von einem Polizisten gesprochen hatte, der so hieß. Adrian glaubte nicht, dass jemand tatsächlich so hieß.

Gerade wollte er wieder eine Nachricht schreiben, da piepte es, und er zuckte zusammen. Ihm war klar, dass sie versuchen würden, ihn anzurufen, das hatte er vorher gewusst, aber er hatte sich nicht darum gekümmert. Das Wichtigste war gewesen, Karlas Handy zu klauen. Zwei Tage schmiedete er einen Plan, bevor er feststellte, dass er keinen brauchte. Er hatte herausgefunden, dass sie ihr Handy, anders als Yasmin oder Frau Hermann, nie abschaltete. Er musste also einfach nur warten, bis sie schlief, und in ihr Zimmer schleichen. Falls sie aufwachen sollte, würde er weinen und schluchzen und sagen, er hätte furchtbare Angst gehabt, dass er im Traum stirbt.

Das hatte er seiner Mutter oft erzählt, und am Anfang hatte sie ihm geglaubt. Dann nicht mehr. Also weinte er, bis er einen Schluckauf bekam, aber sie legte sich nicht zu ihm, wie früher, und nahm ihn nicht in die Arme, wie früher. Sie schloss die Tür hinter sich, und er lag weiter im Dunkeln, mit bebendem Brustkorb und Fingern wie Eiszapfen.

Bei seinem Vater hätte er erst gar nicht mit so einer Geschichte anzufangen brauchen. Sein Vater glaubte, wenn er Ohrfeigen verteilte, wäre er im Recht. Adrian hielt seinen Vater für einen Feigling, auch wenn er nicht genau erklären konnte, wieso. Jedes Mal, wenn sein Vater zuschlug, meist abends, wenn er aus dem Gasthaus kam, dachte Adrian: Du bist bloß feige. Daraufhin schlug sein Vater fester zu, als hätte er die Gedanken seines Sohnes erraten. Zwei- oder dreimal hintereinander haute er ihm eine runter, öfter nicht, das wusste Adrian inzwischen. Dann verschwand sein Vater in der Küche und schlug die Tür hinter sich zu. Wenn Adrians Mutter da war, brachte sie ihn ins Bett und sagte, sein Vater meine das nicht so. Wenn sie nicht da war, ging er allein ins Bett und dachte, sein Vater meine das genau so wie seine Mutter, wenn sie einfach wegblieb.
Karlas Handy zu klauen war nicht schwer. Sie schnarchte leise. Fast hätte er ihr eine Weile zugehört. Er schloss die Tür so behutsam, wie er sie geöffnet hatte, schlich zurück in sein Zimmer, wo Nepomuk wie so oft im Schlaf seufzte und unverständliche Laute ausstieß. Das Handy versteckte er unter dem Kopfkissen. Um sechs Uhr wollte er aufstehen, alles war vorbereitet.
Jetzt grübelte er eine Zeitlang vor sich hin, indem er das silberfarbene Handy anschaute, das er auf »lautlos« gestellt hatte. Er spürte das Vibrieren und las die Nummer, wenn jemand von Fannys Handy anrief, aber er hörte die Mailbox nicht ab. Er wollte allein sein und Sachen machen.

Das hatte er zu Fanny gesagt: Ich muss Sachen machen, jetzt sofort. Und sie fragte natürlich: Wie, sofort? Was meinst du mit sofort? Jetzt gleich oder wie? Wann denn?
So ging das bei ihr immer. Wenn sie anfing zu reden, wiederholte sie alles hundertmal. Er mochte sie vom ersten Tag an. Weil sie so anders war als er und trotzdem ganz ähnlich. Wenn er bei ihr stand oder neben ihr am Tisch saß, spürte er die Wärme, die sie ausströmte, wie einen Klang auf der Haut. Es kam ihm vor, als löste ihr bloßes Nahsein ein leises, angenehmes Klingeln überall in seinem Körper aus, das nur er allein hörte. Wie früher am Heiligen Abend, wenn das Christkind durchs Fenster kam und er in seinem Zimmer schon wartete und sein Herz über ihn hinausschlug.
Fanny konnte so viel labern und nervig in der Gegend herumhüpfen, wie sie wollte – wenn sie da war, hatte Adrian ein beschwingtes Empfinden. Und das hatte er schon am ersten Tag im Zeno-Haus gehabt, als er durch den Flur ging und sie auf der Treppe hockte und rief: »Rothaarige riechen fei nach Himbeeren!«
der süden kan doch gar nich suchen, schrieb er, *du bist blöd.*

blöd ist wer sagt der andere ist blöd, schrieb Fanny ins Handy und schaute aus dem Fenster des Taxis.
Sie saß neben Süden auf der Rückbank, die Kapuze ihres blauen, ausgebleichten Anoraks über dem Kopf, mit einem unauffälligen Grinsen.

In der Fraunhoferstraße stauten sich die Autos. Ein Müllwagen rangierte zwischen den parkenden, eingeschneiten Fahrzeugen. Fanny sah, wie ein orange gekleideter Schwarzer mit einem Mann diskutierte, dessen Auto in einer Einfahrt vom Müllwagen blockiert wurde. Der Mann fuchtelte mit den Armen und schrie offensichtlich, was im Taxi nicht zu hören war. Der Schwarze verschränkte bloß die Arme und hörte zu.

Das Schauspiel erinnerte Fanny an die Auseinandersetzungen zwischen ihrer Mutter und ihrem Vater. Ihre Mutter brüllte, und ihr Vater stand da und kniff die Augen zusammen, weil er das Geschrei nicht ertrug. Fanny überlegte, wo ihr Vater in diesem Moment sein mochte, vielleicht in Hamburg, wo er mit Kaffee handelte, oder in Amerika, wo er herstammte.

Ohne den Kopf zu bewegen, linste das Mädchen über den Rand der Kapuze zu dem Mann neben ihr. Süden lehnte hinter dem Beifahrersitz am Fenster und schien woanders zu sein. Beruhigt spielte Fanny mit ihrem Handy und dachte an Adrian und die Sachen, die er machte, und daran, dass dies garantiert das aufregendste Weihnachten ihres Lebens werden würde.

Auch Süden dachte an Weihnachten, allerdings eher wie nebenbei.

Am meisten beschäftigte ihn das widersprüchliche Verhalten des Mädchens, sein ständiges Reden einerseits und dann wieder dieses berechnende Verstummen, dazu seine offenkundige Nervosität, die im nächsten Augenblick in entspannte Lässigkeit umzuschlagen schien. Der einzige Grund, warum er Fanny mitgenommen hatte, war, dass er sie nicht allein mit ihren heimlichen Gedanken im Haus lassen wollte. Er wollte sehen, wie sie nachdachte und ihre Strategien entwickelte. Er wollte dabei sein, wenn sie einen Fehler machte oder sich überschätzte oder seine Nähe nicht mehr aushielt.

Gleichzeitig dachte er an die Einladung seiner Chefin zu einem Weihnachtsessen. Seit Jahren verabredete sie sich am Heiligen Abend mit einer Freundin in einem thailändischen Restaurant, und sie hatte ihn gefragt, ob er mitkommen wolle. Wahrheitsgemäß hätte er sofort nein gesagt. Stattdessen bat er um »Bedenkzeit«, und Edith Liebergesell wusste, dass allein durch die Wortwahl seine Entscheidung längst gefallen war.

Das stimmte nicht unbedingt, auch wenn ihn die Vorstellung, aus feiertagsbedingter Höflichkeit Konversation betreiben zu müssen und weniger Biere als gemocht zu trinken, im Vorhinein eher bedrückte.

»Wieso sagen Sie eigentlich nie was?« Fanny hatte die rechte Seite ihrer Kapuze nach hinten geschoben. Süden bemerkte ihre geröteten Wangen.

»Ich spreche schon. Du sagst ja auch nichts.«

»Wollt Sie nicht stören.«

»Du kannst du zu mir sagen.«

»Hab deinen Vornamen vergessen.«

»Tabor.«

»Wieso sagst du nie was, Tabor?«

»Erzähl mir etwas über deine Eltern, Fanny«, sagte Süden. »Und über dich und deine Freundschaft zu Adrian.«

»Über meine Eltern darf ich nicht sprechen.« Sie wartete, ob Süden etwas erwiderte, und als er schwieg, schüttelte sie den Kopf. »Du bist schwierig.«
Mit einer schnellen Bewegung wischte sie die Kapuze vom Kopf, strich sich die Haare aus den Augen und rieb mit der anderen Hand, in der sie das Handy hielt, über die Jeans. »Meine Probleme gehen nur die Karla, die Yasmin und die Frau Hermann was an, das ist so. Deswegen sind wir im Sankt-Zeno-Haus, weil wir da sicher sind und geschützt. Verstehst du das, Tabor?«
»Ja.«
»Genau.« Sie sah ihn an, kniff erst das rechte Auge zu, dann das linke. »Warst du mal im Heim? Haben dich deine Eltern auch weggegeben? Warst du viel einsam als Kind? Sag doch was.«
»Ja«, sagte Süden. »Ich war oft allein. Aber ich hatte einen guten Freund, der hieß Martin. Du hast bestimmt auch einen guten Freund oder eine gute Freundin.«
»Nein.«
Das Taxi fuhr weiter, und Fanny schaute aus dem Fenster. Sie sah den Schwarzen am Müllwagen und eine Frau mit einem weinenden kleinen Mädchen an der Hand und drehte den Kopf zur Heckscheibe, bis die beiden hinter den parkenden Autos verschwunden waren.
»Du hast niemanden«, sagte Süden. »Aber du sprichst mit Adrian.«
Fanny nahm das Handy in die linke Hand, blickte vor sich hin, bemerkte nicht, dass der Taxifahrer sie im Rückspiegel beobachtete. Sie stieß einen Seufzer aus.

»Der Adi hat immer Hunger, das versteh ich, ich hab auch immer Hunger. Wir teilen uns die Schokolade, wenn wir welche haben. Den Adi hat noch nie jemand besucht, mich auch nicht. Das macht nichts, ich kenn mich aus mit dem Alleinsein, so wie du. Jetzt hab ich auch wieder Hunger. Holst du mir eine Breze?«

»Wir sind gleich da«, sagte Süden. »Deine Eltern wohnen nicht in München.«

»Meine Mama schon, mein Daddy nicht, die sind nicht mehr zusammen. Meine Mama hat mich im Sankt-Zeno-Haus abgegeben, sie hat gesagt, sie kann die Verantwortung nicht mehr tragen, die ist zu schwer geworden. Meinen Kinderausweis hat sie auch abgegeben, sie hat gesagt, das ist das Beste für mich, wenn ich bei der Karla und der Frau Hermann bleib. Jetzt bin ich länger als ein Jahr da. Ich komm wahrscheinlich in ein Heim, weil meiner Mama bin ich immer noch zu schwer. Verstehst du das?«

Süden schwieg, obwohl er wusste, dass er etwas sagen sollte.

Er wollte nichts von sich erzählen, sondern das Mädchen aushorchen, so unauffällig wie früher einen wichtigen Zeugen. Fanny, das ahnte er, war eine Meisterin im Verdachtschöpfen. Vermutlich kannte sie mit ihren elf Jahren schon jede Variante der Lüge und jeden Tonfall eines Erwachsenen, der eigentlich etwas anderes meinte oder bezweckte. Wenn er dem Mädchen einen Blick zuwarf und sie ihn aus listigen Augen ansah, mit diesem eigenartigen Zucken in den Mundwinkeln, hielt er sie sekundenlang für eine Verbündete, mit der er unterwegs war, um ein verzinktes Geheimnis aufzudecken.

Er beugte sich vor und spürte den Gürtel seiner Hose. Seine Daunenjacke, deren Reißverschluss er nicht geöffnet hatte, schnürte ihn ein. Ihm war heiß. Der Taxifahrer hatte die Heizung weiter voll aufgedreht, obwohl Süden ihn bereits kurz nach dem Einsteigen darauf aufmerksam gemacht hatte. Was der Fahrer an Worten sparte, haute er an Hubtönen zum Fenster hinaus. Zwischenzeitlich glaubte Süden, der Taxler würde einzelne Schneeflocken anhupen, weil sie ihm die Sicht versperrten.

»Dann bist du an Weihnachten im Zeno-Haus«, sagte er zu Fanny.

»War ich im letzten Jahr auch, war schön.«

»Und der Adrian wird auch da sein.«

»Weiß nicht.«

Das Taxi bog von der Sonnen- in die Landwehrstraße ab und erreichte zielsicher den nächsten Stau. Der Taxifahrer hätte geradeaus weiterfahren und erst vor der Börse den Stachus mit seinen Straßenbahnhaltestellen umkreisen können. Vielleicht schonte er seine Reifen.

»Schade«, sagte Süden und zeigte auf Fannys Handy. »Er hat sich nicht mehr gemeldet.«

»Vielleicht ist er eingeschlafen.«

»Auf der Straße wird er nicht schlafen«, sagte Süden. »Und wenn er bei seiner Mutter aufgetaucht wäre, hätte sie inzwischen im Zeno-Haus angerufen.«

»Fahren wir nicht hin zu seiner Mama?«

»Doch.«
Der Taxifahrer hupte, der Fahrer vor ihm hupte zurück, der Fahrer hinter ihm vollendete den Dreiklang. Der Stau bewegte sich keinen Meter. In den meisten türkischen und arabischen Geschäften standen die Türen offen, Männer unterhielten sich auf dem Bürgersteig, manche in dicken Jacken, mit Pelzmützen und Wollschals, manche im Sommeranzug, einige mit Mütze und Anzug.
Süden wandte sich an den Fahrer. »Wir steigen an der Ampel aus, Sie brauchen nicht extra über die Goethestraße zu fahren.« Der Fahrer nickte.
Fünf Minuten später standen sie auf dem Bürgersteig.

»Der Taxifahrer hat dich nicht gemocht«, sagte Fanny, zog die Kapuze über den Kopf und steckte die Hände in die Anoraktaschen.
»Der ist immer so«, sagte Süden. Er holte seine graue Wollmütze hervor und stülpte sie sich über den Kopf. Wenn er in einen Spiegel oder ein Schaufenster blickte, fand er, dass er wie der Dorftrottel von Unterzeismering aussah. Er hatte den Eindruck, sein Schädel verforme sich unter der Mütze und diese verleihe ihm etwas Bescheuertes. Dabei wollte er niemandem in Unterzeismering, wo er noch nie war, zu nahe treten. Womöglich wäre er mit seiner Aufmachung in dem oberbayerischen Dorf zum Dressman des Monats gewählt worden. Ein flüchtiger Blick ins Fenster einer Nachtbar, an der er mit Fanny vorüberging, überzeugte ihn jedoch sofort vom Gegenteil.

»Hast du kein eigenes Auto?«, fragte das Mädchen.
»Ich hätte gern eines, weiß aber nicht, welches ich kaufen soll.«
»Eins mit Sitzheizung«, sagte Fanny. »Mein Daddy hatte so eines, da kriegst du einen warmen Popo, das ist fei schön.«
Hotels, Bars und Clubs säumten die Schillerstraße in der Nähe des Hauptbahnhofs, Läden, in denen Süden früher regelmäßig seinen Freund und Kollegen Martin Heuer getroffen hatte. Martin verbrachte dort die Nächte, ohne jede Form von Glück, in purer Einsamkeit, trotz der anderen Männer um ihn herum, trotz der Mädchen und Frauen, die mit ihm tranken, und trotz Lilo, seiner Freundin, die als Prostituierte arbeitete und ihn mit nach Hause nahm, wenn er am Tresen die Orientierung verlor.
Hinter einigen Fenstern standen kleine Christbäume mit bunten Lampen, weibliche Puppen als Weihnachtsmänner verkleidet, mit einer Rute in der Hand, umringt von glitzernden Kugeln und Lametta. Aus halb geöffneten Türen drang Schlagermusik. Mit Geschenken bepackte Passanten drängten sich aneinander vorbei. Alle Fenster waren hell erleuchtet und mit ebenso billigem wie üppigem Tand geschmückt.
Fanny trippelte neben Süden her. Wenn ihnen Leute entgegenkamen, blieb er hinter ihr, und sie ging einfach weiter und schien von all der rotlichtigen Weihnachtsseligkeit nichts wahrzunehmen.
An der Ecke zur vierspurigen Schwanthalerstraße sprang die Ampel auf Rot.

»Wir müssen nach links«, sagte Süden. In diesem Moment griff Fanny nach seiner Hand, und er erschrak ein wenig.

Hand in Hand überquerten sie die Straße. Vor der Eingangstür einer Pension, die sich neben einem kleinen Café und einem arabischen Supermarkt befand, blieben sie stehen. Am Vordach über dem Eingang stand in weißer Schrift auf blauem Untergrund der Name: »Hotel Daheim«.

Einige Sekunden verharrten Süden und das Mädchen, dann sagte er: »Jetzt eine Breze für jeden und eine Schokolade für dich und einen Kaffee für mich.«

Ohne Fannys Hand loszulassen, öffnete er die Tür des Cafés. Drinnen roch es nach frischem Brot und Kaffee. Sie stellten sich an den einzigen Stehtisch am Fenster und sahen hinaus ins Schneetreiben und Gewühl der Autos und Menschen an der Kreuzung.

Fanny nagte an ihrer Breze, nippte an ihrer heißen Schokolade, sah Süden verstohlen an. Zwei, die nicht dazugehören, dachte er, und als das Mädchen ihn nach einer wortlosen Weile fragte, woran er denke, sagte er: »An uns.«

Bevor sie aufbrachen, griff er nach Fannys Hand. Sie ließ es zu, ohne darauf zu reagieren. »Weißt du, warum ich dich mitgenommen habe, Fanny? Warum ich möchte, dass du Adrians Mutter kennenlernst?«

Sie hatte immer noch ein längliches Stück Breze in der Hand und bohrte ihren Zeigefinger in den Teig, bewegte ihn auf und ab. »Damit du nicht so allein bist.«

»Unbedingt«, sagte Süden. »Vor allem habe ich dich mitgenommen, weil ich ohne dich den Adrian nicht finden kann. Ich glaube, du weißt, wo er ist.«
»Nein«, sagte sie und zeigte mit dem Brezenfinger auf ihn. »Das weiß ich nicht, das weiß nämlich keiner, er ist weggegangen und kommt vielleicht nicht wieder.«
»Zu den Erzieherinnen hast du gesagt, er kommt wieder.«
»Ach die.«
»Warum kommt er vielleicht nicht wieder?«
»Weil er nicht mag.«
»Und warum mag er nicht?«
»Weil ihn sowieso niemand versteht.«
»Das stimmt nicht«, sagte Süden. »Du verstehst ihn, du bist seine Freundin.«
»Bin nicht seine Freundin.«
»Warum bist du dann mit mir mitgekommen?«
Sie steckte den Brezenfinger in den Mund, kaute darauf herum, biss ein Stück ab, bemerkte, dass die junge türkische Verkäuferin hinter der Ladentheke sie beobachtete, und drehte ihr den Rücken zu.
Süden brachte die Teller und Tassen zur Theke. Dann stellte er sich wieder neben das Mädchen. Sie schaute aus dem Fenster, umschloss den Brezenfinger mit der anderen Hand wie eine Verletzung.
Süden schwieg.
Unaufhörlich gingen Leute vorüber, Mützen oder Hüte tief ins Gesicht gezogen. Einige hielten einen Schirm, dessen Gestänge an die Fensterscheibe klopfte, schief gegen den Wind. Fanny wandte Süden den Kopf zu.

»Ich wollt schauen, was du machst«, sagte sie. »Ich wollt gern in die Stadt.«
Sie log, aber Süden verstand immer noch nicht, warum und was sie verbarg. Wieder tröstete ihn der Gedanke, dass der Junge, solange Fanny SMS-Nachrichten von ihm erhielt und unübersehbar ein Geheimnis hütete, am Leben war und ein bestimmtes, realistisches, zu einem späteren Zeitpunkt auch für Außenstehende erkennbares Ziel verfolgte.
In dem Moment jedoch, wenn die Verantwortlichen des Zeno-Hauses die Polizei einschalteten, würde das Mädchen aus ihrer Selbstverborgenheit gerissen werden und kein Kommissar sie weiter schweigen lassen.

Ungefähr fünf Mal im Jahr war Süden in seiner Zeit als Vermisstenfahnder der Kripo mit einem »Super-GAU« konfrontiert worden, dem Verschwinden eines Kindes. Dann arbeiteten er und rund hundert Kollegen nächtelang durch, überprüften sämtliche Beziehungen des Kindes zu Schulfreunden und Verwandten im In- und Ausland, kontrollierten S- und U-Bahnen, überprüften Kaufhäuser und Friedhöfe, wo sich vor allem Jugendliche gern aufhielten, setzten Hubschrauber mit Wärmebildkameras, Hunde- und Pferdestaffeln ein.
Häufig wurde die Fahndung dadurch erschwert, dass die Eltern familiäre Konflikte nicht zugeben wollten und wichtige Informationen zurückhielten.
Auch auf die Aussagen von Zeugen war nicht immer Verlass. Trittbrettfahrer, Wichtigtuer und Wahrsager rie-

fen an und behaupteten Dinge, die trotz aller Unwahrscheinlichkeit verifiziert werden mussten.
Unter einem solchen Druck der Ermittlungen würde Fanny ihr Geheimnis keine Stunde länger für sich behalten können. Süden wollte ihr noch Zeit geben, abwarten, wie sie gegenüber Hannah Richter, der Mutter des Jungen, auftrat.
Er hielt es nicht für ausgeschlossen, dass Fanny mit ihm und den Erzieherinnen spielte und dieses Spiel so lange wie möglich weitertreiben wollte, bis ihr die Lust daran verging. Er hatte sie mitgenommen, um dieses Spiel nicht aus den Augen zu verlieren.
Außerdem hatte Fanny auf eine ihn seltsam irritierende Weise recht: Er war bei dieser Suche lieber mit ihr zusammen als allein. Warum das so war, würde er später ergründen, vielleicht.
»Ich kann auch wieder nach Haus fahren«, sagte Fanny mit verzurrter Miene.
»Niemals«, sagte Süden.

5

Im Zimmer roch es nach geschälten Orangen. Die Schalen lagen verstreut auf dem kleinen runden Tisch beim Fenster, Reste einer Orange auf dem Teller, den Hannah Richter neben sich auf die Couch gestellt hatte. Über das Doppelbett war eine rotbraune Decke gebreitet, auf dem Nachtkästchen standen eine grüne Plastikflasche mit Mineralwasser und ein Glas, daneben auf dem Boden ein Paar Fellstiefel und schwarze Winterschuhe. Die Deckenlampe verbreitete gelbliches Licht.

Das Hotelzimmer im zweiten Stock war karg eingerichtet, wirkte aber weniger abweisend als viele andere, die Süden im Vergnügungsviertel rund um den Hauptbahnhof und die Schiller- und Goethestraße kannte. Adrians Mutter war neununddreißig, hatte ein schmales, blasses Gesicht mit tiefen Furchen und blonde, kreuz und quer ineinandergesteckte Haare. Ihre blauen Augen waren ungewöhnlich hell. Wenn sie jemanden länger ansah, blinzelte sie kaum, was ihre sonst eher lebhafte Mimik erstarren ließ.

Obwohl sie auf den ersten Blick Ruhe ausstrahlte, spürte Süden das Unberechenbare in ihrem Wesen. Er sah ihre Finger, wie sie sich ins Polster gruben oder über den Stoff kratzten, und fragte sich, wie lange sie ihre verkrampfte Haltung ertragen würde. Ihr Händedruck an der Tür war fest und kalt gewesen. Dem Mädchen hatte sie nur zugenickt, als würde sie es kennen. Wortlos hatte Fanny sich auf einen der Stühle am Tisch gesetzt, Süden blieb neben dem dunklen Kleiderschrank stehen. Nirgendwo konnte er einen Koffer entdecken.

Nach einem kurzen, achtlosen Blick zu Fanny sagte Hannah Richter: »Die Frau Hermann hat mich angerufen, ich hab auf Sie gewartet. Hier bin ich, worum geht es? Ist was mit Adrian?«

Süden sagte: »Ja.«

Dann schwieg er. Fanny, die Hände in den Anoraktaschen, ließ ihn nicht aus den Augen, ebenso wie Hannah Richter.

Eine Minute lang war nichts als das gedämpfte Rauschen des Straßenverkehrs unten auf der Schwanthalerstraße zu hören und, für Sekunden, das Kratzen von Hannahs Fingernägeln auf dem grünen, abgenutzten Sofapolster. Durch die Anspannung trat ein rötlicher Schimmer auf die blasse Gesichtshaut der Frau.

»Was, ja?«, presste sie hervor.

»Adrian hat das Zeno-Haus verlassen, um Sie zu besuchen.« Süden wartete ab. Hannah sah ihn aus großen, reglosen Augen an.

In einem Tonfall, den Süden polar fand, sagte sie: »Und? Sehen Sie ihn irgendwo hier? Wollen Sie unterm Bett nachschauen? Im Schrank? Im Bad? Ja?«

»Ja.«

Er kniete sich hin und sah unters Bett: nichts und niemand. Er öffnete die Schranktüren und sah zwei Röcke und zwei Blusen auf Bügeln, auf dem Regal Unterwäsche und Socken und auf dem Schrankboden einen grauen Rucksack mit roten Streifen. Er ging ins Badezimmer, knipste das Licht an, zog den Duschvorhang beiseite, ließ ihn so und kehrte ins Zimmer zurück. Wie vorher stellte er sich neben den Schrank bei der Tür, die Hände hinter dem Rücken.

Fanny öffnete den Mund, traute sich aber nicht, etwas zu sagen.

Hannah warf ihr wieder einen flüchtigen Blick zu.

»Wer ist das Mädchen?«, fragte sie.

»Sie heißt Fanny, sie wohnt auch im Zeno-Haus.«

»Und was macht sie hier?«

Wenn er das, was er dachte, ausspräche, so überlegte er, würde seine Chefin ihm nicht nur nie wieder einen Auftrag erteilen, sie würde ihn noch heute entlassen.

Dann sagte er es trotzdem: »Sie sind dumm, Frau Richter, und die dümmsten Menschen sind diejenigen, die sich auf ihre Dummheit auch noch etwas einbilden.«

Daraufhin hörte er draußen den Schnee fallen.

Gespannt hörte Fanny der Zimmerstille zu, die Ellbogen auf die Oberschenkel gestützt, das Kinn auf den Fäusten. Hannah Richter nickte, zupfte an ihrem weißen Rollkragenpullover. »Sie wollen mich provozieren, weil ich meinen Sohn abgegeben hab. Das klappt nicht, glauben Sie's mir, das haben schon ganz andere versucht. Ganz andere als Sie.«

»Wer hat es versucht?«

»Alle. Mein Vater, meine Mutter, meine Schwester, mein Mann, das ist Sport für die, geben Sie sich keine Mühe, Herr Süden, Sie stehen auf verlorenem Posten.«

»Ihr Sohn hat heute nicht bei Ihnen angerufen«, sagte er.
»Nein, mein Sohn hat heute nicht bei mir angerufen.«
»Gestern und vorgestern auch nicht.«
»Gestern und vorgestern auch nicht.« Ihr Blick rutschte von Süden weg zur Tür.
»Wir suchen nach ihm, und in einer SMS schrieb er, er würde zu Ihnen kommen.«
Zum wiederholten Mal schaute Hannah zu dem Mädchen am Tisch.
Fanny wusste nicht, ob sie etwas sagen sollte, traute sich dann aber doch. »Adi schreibt an mich. Ich hab ihm meine Nummer gegeben, die hat er eingespeichert. Er hat gesagt, Sie haben einen anderen Mann, nicht mehr seinen Vater, und wegen dem anderen Mann haben Sie ihn im Zeno-Haus abgegeben und gesagt, Sie wollen ihn nicht mehr, er geht Ihnen im Weg um.«
»So was hab ich nie gesagt, du freches Gör.«
»Haben Sie schon gesagt.«
»Wenn du meinst.« Hannah ließ sich gegen die Rückenlehne fallen und verschränkte die Arme.
Fanny richtete sich auf. »Ich kenn mich aus, ich weiß schon, wer du bist. Du bist eine Abschieberin. Meine Mama ist auch eine. Lauter Abschieber kommen ins Zeno-Haus und gehen wieder weg. Und wenn der Adi stirbt, bist du schuld.«
»Verstehe«, sagte Hannah Richter zu Süden. »Sie haben das Mädchen zur Unterstützung mitgebracht, um mich fertigzumachen. Irgendwie armselig. Wer bezahlt Sie eigentlich für Ihren Auftritt? Oder machen Sie das frei-

willig, weil Weihnachten vor der Tür steht? Detektiv sind Sie? Kann man davon leben? Was verdienen Sie so im Monat? Tausend? Sicher weniger. Wie viel?«

»Warum sind Sie von zu Hause ausgezogen, Frau Richter?«

»Ich bin nicht ausgezogen, ich brauch nur grad meine Ruhe. Ist doch nett hier. Nein?«

Mit einem Ruck stand sie auf, öffnete die Minibar, die neben der Couch unter dem Fernseher stand, und nahm eine kleine Flasche Tonicwater und einen Flaschenöffner heraus. Sie ging, ohne Fanny zu beachten, zum Tisch, leerte die Flasche ins Glas und trank. »Ich hab hier alles, was ich brauch. Evelin, die Pächterin, ist eine alte Freundin von mir. Sie lässt mich umsonst wohnen, ist ja grad keine Messe oder Oktoberfest, das Zimmer würd eh leer stehen. Und jetzt wär ich gern allein.« Mit dem Glas in der Hand setzte sie sich wieder auf die Couch und schaute zum Bett.

»Haben Sie keine Angst um Ihren Sohn?«, sagte Süden.

»Der schafft das schon. Der läuft nicht zum ersten Mal weg, der macht immer, was er will. Den Betonkopf hat er vom Vater. Ich mach mir keine Sorgen. Wo hat er überhaupt ein Handy her? Ich hab ihm keins geschenkt.«

»Er hat es einer Erzieherin weggenommen.«

»Was sag ich? Er ist gerissen, er kennt sich aus, er macht, was er will. Der kommt schon wieder, wenn er Hunger hat. Würden Sie mich jetzt bitte wieder allein lassen?«

Sie nahm einen Schluck, betrachtete das Glas, trank es aus und stellte es neben sich aufs Polster. »Ich verrat

Ihnen mal was, weil Sie gar so trübsinnig dreinschauen. Als der Adrian in die Grundschule kam, lief er sofort weg, am ersten Tag, samt seiner Schultüte. Ich hab ihn zur Schule gefahren, wir haben uns verabschiedet, und eine Stunde später ruft die Direktorin an und fragt, wo der Adrian bleibt. Sturschädelig, wie er ist, ging er vorn zur Schule rein und hinten wieder raus, trieb sich den halben Tag in Haidhausen rum, und immer die Schultüte mit dabei.

Und wissen Sie, wer ihn mir schließlich zurückgebracht hat? Ein Polizist. Nicht irgendein Polizist, sondern Gregor, der im Viertel unterwegs ist und mit den Leuten redet. Adrian kennt ihn seit dem Kindergarten, er wohnt in der Rablstraße, nicht weit weg von uns. Adrian ist oft mit ihm mitgegangen, stundenlang, obwohl er sonst nie mitwollte, wenn Ludwig und ich einen Ausflug gemacht haben. Gregor war sein Freund. So war das am ersten Schultag.

Sein Vater hat ihn sauber zusammengestaucht, hat ihm die ganze Woche Hausarrest gegeben, kein Rumstrawanzen mehr mit Gregor. Den Adrian hat das nicht gekümmert, saß er halt in seinem Zimmer und hat mit seinen Autos gespielt und seinem zerzausten Stoffelch, oder er hat Bilder gemalt. Dumm ist der nicht, im Zeichnen war er immer der Beste in der Klasse. Sonst hat er sich für wenig interessiert. Zugehört hat er nie.

Ich hab den nicht mehr in den Griff gekriegt, stur und verstockt ist der. Und ein Brocken von Kind, haben Sie mal ein Foto von ihm gesehen? Weiß nicht, wo er das herhat. An mir ist nichts dran, und sein Vater ist auch nicht grad ein Bodybuilder.«

Sie lächelte, zum ersten Mal, und Süden verstand nicht, worüber. »Das nur zur Erklärung. Hat Ihnen das alles die Frau Hermann nicht erzählt? Die kennt den Jungen doch inzwischen, die hat auch ihre Not mit dem. Jeder hat seine Not mit dem Adrian, jeder.«

»Ich nicht«, sagte Fanny mit finsterem Blick.

Süden sagte: »Wer ist der neue Mann in Ihrem Leben?«

»Das geht Sie einen Scheiß an. Wenn Sie nicht sofort verschwinden, ruf ich die Polizei.«

»Tun Sie das.«

Hannah Richter blieb sitzen und sagte kein Wort mehr, bis Süden und Fanny das Zimmer verlassen hatten.

6

Auf der Treppe griff Fanny nach Südens Hand und ließ sie auch nicht los, als ihnen eine Frau in einem dunklen Anzug entgegenkam und vor ihnen stehen blieb. »Wer sind Sie?«, fragte sie.

»Tabor Süden.«

»Fanny Wiese.«

Die Frau lächelte. »Sie sind der Detektiv«, sagte sie zu Süden. »Ich bin Evelin Montag, mir gehört das Hotel.«

»Kennen Sie Adrian, den Sohn Ihrer Bekannten?«

»Natürlich kenn ich ihn, ein Treibauf, ich mag ihn sehr. Hannah hat leider ihre Schwierigkeiten mit ihm.«

»Große Schwierigkeiten«, sagte Süden. »Sie hat ihn weggegeben.«

»Das kann man so nicht sagen, das Jugendamt ist eingeschritten. Möchten Sie etwas trinken? Ich wollte zwar jetzt mit ihr reden, aber das kann ich später auch noch. Ihr Mann war hier und hat sich ziemlich übel benommen. Peter, mein Rezeptionist, hat ihn auf die Straße gesetzt, es gab eine Rangelei.«

Kurz darauf saßen sie im Büro der Hotelchefin, die Süden eine Tasse Kaffee und Fanny eine Zitronenlimonade brachte.

Evelin Montag war fünfundvierzig und übergewichtig, was ihre schwarze Kleidung nur unwesentlich kaschierte. Allerdings wirkte sie in keiner Weise schwerfällig. Ihr energisches Wesen passte zu ihrem offenen Gesicht und ihrer direkten Art zu sprechen. Mit den Umgangsformen der Klientel aus der Bahnhofsgegend hatte sie keine Probleme und mit einem betrunkenen, eifersüchtigen Ehemann erst recht nicht.

»Den Ludwig kenn ich seit zwanzig Jahren«, sagte sie. »Der war früher ein netter Kerl, interessanter Mann, cool, immer für einen Trip ins Ungewisse zu haben. Dann sind wir einfach losgefahren, er, die Hannah und ich mit wechselnder Begleitung. Gardasee, Toskana, Hauptsache, über den Brenner und dann ins Weite. Er war Chefverkäufer im Autohaus Riese an der Donnersberger Brücke, hochpreisige Autos, potente Kunden.«

»Riese-Wiese«, sagte Fanny und saugte am Strohhalm in der Limoflasche.

»Riese-Wiese«, wiederholte Evelin. »Seit die Kunden wählerischer geworden sind und die Reichen den Geiz entdeckt haben, läuft das Geschäft nicht mehr so, sie haben teilweise auf Kurzarbeit umgestellt, und Ludwig ist davon betroffen. Er hat öfter mal Mist gebaut, nichts Besonderes, aber dem Chef gefiel das nicht, wenn Ludwig gewisse Kunden, Kundinnen, bevorzugt hat oder wenn er ein paar Minuten zu spät zur Arbeit kam. Er hat sich verändert. Und mit dem Baby kam er auch nicht klar.«

»Er war angebunden«, sagte Süden.

»Anfangs hat er sich noch gekümmert, dann musste Hannah alles allein schaffen, das Kind, ihren Job im Baumarkt. Sie ist Kassiererin, sie verdient nicht schlecht, fast zweitausend im Monat, glaub ich, so einen Job gibt man heute nicht einfach auf. Und dann fing's an: Ludwig blieb eine Nacht weg, zwei Nächte, ein paar Nächte.

Immer dasselbe Spiel. Kenn ich: die Männer und ihre Freiheit.«

»Aber die beiden haben sich nicht getrennt, bis heute nicht.«

Evelins Telefon klingelte. Sie drückte auf einen Knopf, leitete das Gespräch um. »Ein Jahr vor Adrians Geburt haben sie geheiratet, und ein Jahr nach seiner Geburt fing ihre Ehe an zu zerbröseln. Seitdem: Brösel, wo man hinschaut. Aber: Sie picken sie auf und machen weiter. Wie so viele Paare. Waren Sie mal verheiratet?«

»Nein.«

»Ich auch nicht. Was ist eigentlich passiert? Adrian ist verschwunden?«

»Er schickt Fanny SMS-Nachrichten, in einer davon hat er einen Besuch bei seiner Mutter im Hotel Daheim angekündigt.«

»Er war nicht hier.«

»Das behauptet seine Mutter auch. Sie verachtet ihren Sohn.«

Evelin senkte den Kopf, schien nachzudenken. Vom Flur waren Stimmen zu hören, zwei Männer unterhielten sich laut in einer Sprache, die Süden nicht zuordnen konnte. Es klang, als würden sie sich anschreien. Doch dann lachten sie und entfernten sich ins Treppenhaus.

»Meiner Meinung nach müsste Hannah zu einem Arzt«, sagte Evelin Montag. »Sie rief mich an und sagte, sie muss sofort aus der Wohnung, sonst springt sie aus dem Fenster. Sie würde die Wände nicht mehr ertragen, den Geruch in der Küche, den Anblick von Ludwigs Skischuhen an der Garderobe. Solche Sachen. Sie kam hier an mit nichts als ihrem Rucksack, sperrte sich im Zimmer ein und reagierte auf nichts. Natürlich rief gleich am ersten Tag Ludwig bei mir an und fragte, ob ich wisse, wo sie steckt. Ich sagte nein. Er rief immer wieder an, war ja klar. Und heute taucht er auf und will nach oben stürmen. Peter und ich haben ihn zurückgehalten, er roch nach Glühwein und Bier, er geht nicht zur Arbeit. Sie werden ihn feuern, wenn er sich weiter so verhält. Ich habe Hannah versprochen, dass sie über Weihnachten hierbleiben kann, wir haben wenig Gäste, da passt das schon.«

»Bei seinem Vater hat Adrian sich auch nicht gemeldet«, sagte Süden und warf Fanny einen Blick zu. Das Mädchen blinzelte müde.

»Das weiß ich nicht«, sagte Evelin. »Wahrscheinlich, sonst hätte er bestimmt was gesagt. Wo könnte Adrian denn sein? Wieso hat er es überhaupt geschafft, unbemerkt das Haus zu verlassen?«

»Weil er schlau ist«, sagte Fanny.

»Möchtest du noch eine Limo?«

Fanny schüttelte den Kopf. »Ich muss mal aufs Klo.«

Evelin stand auf und ging zur Tür. »Ich zeig dir den Weg.«

Während die beiden den Flur hinuntergingen, legte Süden den Kopf in den Nacken und schloss die Augen.

Ein einziges Mal hatte er einer Frau einen Heiratsantrag gemacht, da war er neunzehn. Vier Tage später bekam er solche Angst vor den Konsequenzen, dass er das Mädchen in sein Schwabinger Stammlokal bestellte und ihr unter dem Einfluss mehrerer Biere gestand, dass er seinen Antrag zurückziehen müsse, er hätte sich getäuscht und überschätzt.

Soweit er sich erinnern konnte, verlief der Abend ohne Geschrei und Tränen, und vermutlich hatte er mit Bibiana sogar noch einmal geschlafen. Während der Beziehung mit seiner Kollegin Sonja hatte keiner von beiden eine Heirat in Erwägung gezogen. Im Nachhinein begriff er, dass sie überzeugt war, sie würden sowieso nicht für immer zusammenbleiben.

Keine seiner flüchtigen Freundinnen war je schwanger geworden. Und heute, mit Anfang fünfzig, konnte er sich nicht mehr vorstellen, Vater zu werden. Oder doch? Was dachte er in der Gegenwart von Kindern? Was dachte er, wenn er sie beim versunkenen Spielen beobachtete? Wenn er ihren Gesprächen über die Welt lauschte? Wenn er sie schlafen sah? Wenn er ihren Zorn miterlebte, ihren Übermut, und wenn sie weinten und im nächsten Moment damit aufhörten? Was dachte er dann? Er dachte, dass er sich vorkam wie der Zaungast eines seltsamen Glücks, das ihm selbst nicht vergönnt war, in dessen Nähe er aber immerhin verweilen durfte. Dieses Glück färbte jedes Mal auf ihn ab wie ein buntes Lachen.

Fanny lachte, als sie zurück ins Büro kam und ihm auf die Schulter klopfte, damit er die Augen wieder öffnete. »Auf dem Klo hängt ein Bild, da pinkelt ein Vogel beim

Fliegen an einer Pfütze vorbei. Fahren wir jetzt wieder nach Hause?«

»Ja.« Süden stand auf, nestelte an seinem Gürtel und überlegte, ob er ebenfalls zur Toilette gehen sollte. »Sie kennen den Geliebten von Frau Richter«, sagte er zu Evelin.

Sie zögerte. »Nein.«

Süden schwieg.

Fanny trat von einem Bein aufs andere, rieb sich die Augen.

»Sagen Sie mir den Namen.«

»Ja, schnell«, sagte Fanny, und Süden nickte ihr zu.

»Geliebter! Er ist ein Freund«, sagte die Hotelchefin.

Süden zog den Reißverschluss seiner Daunenjacke zu und wandte sich zur Tür, die Fanny schon erreicht hatte. »Wahrscheinlich bringt mich der Mann nicht weiter, aber ich muss mit ihm sprechen, wie mit jedem im Umfeld der Familie. Verstehen Sie das?«

»Verstehst du das?«, fügte Fanny hinzu, wie es ihre Art war.

Verblüfft sah Evelin Montag sie an. Die Antwort kostete sie Überwindung.

»Er arbeitet im selben Baumarkt wie Hannah. Nils. Familiennamen weiß ich nicht. Ich weiß nicht, was genau zwischen den beiden ist, sie redet nicht viel darüber. Bisher hab ich ihn nicht kennengelernt, ich hab auch keine Ahnung, wie lang das schon geht. Ludwig weiß nichts davon, zumindest behauptet Hannah das. So häufig sprechen wir nicht miteinander, ich hab viel zu tun und sie auch. Jetzt ist sie erst mal hier. Und Sie finden bitte möglichst schnell den Buben.«

»Helfen Sie mir dabei.«

»Tu ich doch.«

»Helfen Sie mir mehr.«

Sie blieb an der Tür stehen. »Mehr weiß ich nicht.«

»Was wollte Ludwig Richter im Hotel?«

»Mit Hannah sprechen, was sonst?«

»Warum?«

»Weil sie von zu Hause weg ist.«

»Wie ihr Sohn.«

»Und?«

»Ich glaube nicht, dass er mit ihr sprechen wollte, weil sie von zu Hause weg ist.«

»Sondern?«

»Weil Adrian weggelaufen ist.«

»Aber ...« Sie verwarf den Gedanken wieder. »Nein. Das würde ja bedeuten, Ludwig weiß von Adrians Verschwinden. Das kann nicht sein.«

Süden sagte: »Einen anderen Grund hätte er nicht gehabt, um herzukommen. Adrian hat ihm eine SMS geschickt oder ihn sogar angerufen und ihm das Gleiche angekündigt wie Fanny: dass er auf dem Weg hierher sei.«

»Aber er ist doch nicht hier.«

Süden bat Evelin, bei dem Mädchen zu bleiben, während er einen schnellen Rundgang durchs Haus machte. Wie bei der Suche im Sankt-Zeno-Haus rechnete er nicht damit, den Jungen zu finden, trotzdem durfte er keine

Möglichkeit außer Acht lassen. Seine mangelnde Kondition beim Treppensteigen erschreckte ihn wieder. Im zweiten Stock horchte er an Hannahs Tür und hörte nichts außer Stimmen und Musik aus dem Fernseher. Zurück im Parterre, ging er in den Hinterhof, schaute hinter und in den Müllcontainern nach und stieg anschließend die Kellertreppe hinunter. Sämtliche Türen waren abgesperrt.

»Wir brechen auf.« Keuchend erreichte er das Büro. Eigentlich hätte er in der Detektei anrufen und um Verstärkung bitten müssen. Jemand sollte das Hotel überwachen, für den Fall, dass der Junge doch noch auftauchte, dann aber – aus welchem Grund auch immer – nicht hineingehen würde.

»Natürlich meld ich mich sofort, wenn ich Adrian sehe.« Evelin wartete noch, bis Süden und das Mädchen ins Taxi gestiegen waren. Dann rieb sie sich vor Kälte die Hände und zog die Eingangstür hinter sich zu. »Auch einen Tee mit Schuss?«, fragte sie Peter, ihren Angestellten, der an der Rezeption telefonierte.

»Was machst du jetzt?«, fragte Fanny, die wie auf der Hinfahrt hinter dem Fahrer saß.

»Leihst du mir kurz dein Handy?« Süden fror ein wenig und hatte Hunger und begann, sich Sorgen zu machen. Fanny druckste herum.

»Hast du kein eigenes?«

»Doch, das liegt bei mir daheim.«

»Blöd fei.«

Süden legte seine linke Hand neben sich, die Innenfläche nach oben. Fanny sah eine Weile hin. Dann zog sie das Handy aus ihrem Anorak und plazierte es schräg auf Südens Hand. Auf seinem kleinen karierten Block, den er schon als Hauptkommissar immer bei sich getragen hatte, hatte er mehrere Telefonnummern notiert, auch die von Ludwig Richter.

»Tabor Süden, Detektei Liebergesell, ich muss mit Ihnen sprechen, Herr Richter.« Am anderen Ende schallte Schlagermusik, im Hintergrund verzerrte Stimmen.

»Dann mal los«, sagte Richter mit schwerer Zunge.

»Ich bin auf der Suche nach Ihrem Sohn, im Auftrag der Leiterin des Sankt-Zeno-Hauses.« Keine Antwort. Er wartete. Gläser klirrten, eine Frauenstimme rief: »Rudi, reiß dich endlich zusammen.«

Sie fuhren den Giesinger Berg hinauf, auf schneebedeckter Straße.

»Herr Richter.«

»Da bin ich. Sie suchen meinen Sohn, sehr gut.«

»Haben Sie im Zeno-Haus angerufen?«

»Nein.«

»Sie wundern sich nicht, dass ich nach Ihrem Sohn suche.«

»Wundern hab ich aufgehört, schon letzte Ostern. Mein Sohn? Mein Sohn ist hier, hier neben mir.«

»Ich will mit ihm sprechen.«

»Kommen Sie her.«

»Wo sind Sie?«

»Und tschüss.« Richter kappte die Verbindung.

»Was ist?«, fragte Fanny und sah Süden zu, wie er eine SMS tippte. Auch die Nummer von Karla Tegels Handy stand auf seinem Block.

Lieber Adrian, bist du bei deinem Vater? Liebe Grüße: Süden.

»Der antwortet dir nicht«, sagte Fanny.

Süden hielt das Telefon weiter in der Hand. Als sie am Grünwalder Stadion vorbeifuhren, erklang der Nachrichtenton.

Stimt genau süden.

Über Fannys Gesicht huschte ein Lächeln, das Süden nicht bemerkte, weil er den Blick nicht vom Display brachte.

7

Nachdem er das Mädchen ins Zeno-Haus zurückgebracht hatte, machte Süden sich zu Fuß auf den Weg. Bei der Verabschiedung im Flur stand Fanny hinter den Erzieherinnen Karla und Yasmin, mit verschränkten Armen und grimmigem Blick. Die Müdigkeit tropfte ihr fast aus den Augen, aber ihr Entschluss, kein Wort mehr zu sagen, trotz des eindringlichen und strengen Bittens von Ines Hermann, schien unverrückbar.

Wenn die Therapeutin nicht unter der Androhung, ihr für die nächste Zeit das Telefonieren zu verbieten, Fanny zur Herausgabe des Handys gezwungen hätte, wäre Süden machtlos gewesen. Seine einzige Chance, den Jungen zu finden, war, mit ihm über SMS in Kontakt zu bleiben. Fanny wusste das und spielte mit ihrem Wissen, und die Erwachsenen um sie herum hatten noch immer keine Ahnung, was eigentlich gespielt wurde.

Vielleicht, dachte Süden, als er auf die Stichstraße mit den einstöckigen Häusern und den Straßenlaternen hinaustrat, war auch Fanny nicht klar, was Adrian mit seiner Aktion in Wahrheit bezweckte. Vielleicht half sie ihm aus Abenteuerlust oder weil sein Mut ihr imponierte, weil sie den Erzieherinnen etwas heimzahlen oder einfach, weil sie auf geheimnisvolle Weise im Mittelpunkt stehen wollte.

Diese Vorstellung ermutigte Süden auf seiner vagen Spurensuche. Jemand, der einen Ausreißer deckte und dessen Motive kannte, würde ihm unter allen Umständen helfen wollen. Und wenn er begriff, dass der andere einer echten Gefahr ausgesetzt war, würde er reden, etwas anderes blieb ihm nicht übrig, um weiter ernst genommen zu werden. Darüber, ob Adrian in echter Gefahr schwebte, rätselte Süden nach wie vor.

Bevor er sich vom St.-Zeno-Weg 7 zu dem Durchgang umwandte, der zur Grünwalder Straße führte, bemerkte er im schneeigen Licht des Spätnachmittags in der Ferne den goldenen Zwiebelturm der ukrainisch-katholischen Kirche. Sie erschien ihm seltsam nah, dabei hätte er mindestens eine Stunde gebraucht, um sie zu erreichen.

Vor einem gelben Haus hingen zwei Basketballkörbe, vor allen Häusern parkten Autos. Obwohl er fest entschlossen gewesen war, den Weg bis nach Haidhausen zu laufen, stieg er am Wettersteinplatz in die aus Grünwald kommende 25er Tram und fuhr durch die Tegernseer Landstraße, vorbei an der Westmauer des Ostfriedhofs, über den Rosenheimer Platz zur Wörthstraße.

Mit der Straßenbahn durch die Stadt zu reisen, empfand er schon als Jugendlicher, wenn er mit seinem Freund Martin am Wochenende aus ihrem Heimatdorf Taging nach München abhaute, wie einen Trip zum Mittelpunkt der Erde. Mehr brauchte er nicht zu sehen. Das war die Welt, in der er existieren wollte, ganz gleich, was manche Leute über die Stadt an der Isar sagten und ob sie sie für provinziell, konservativ oder selbstgefällig hielten. Alles Ahnungsarme, dachte Süden seit jeher. Solchen Leuten mangelte es an Sehvermögen und der Fähigkeit, Schatten zu lesen. Und das hatte Süden gelernt.

Von dem Tag an, an dem er seinen ersten Wohnsitz in München anmeldete, und später, als Vermisstenfahnder, begegnete er allen möglichen Gesichtern einer gewöhnlichen Großstadt und fühlte sich am richtigen Lebensplatz. Dass ihm München trotzdem gelegentlich wie eine im eigenen Saft schmorende Supergans vorkam, schob er auf den übermäßigen Genuss gespenstischer Biersorten oder die versehentliche Lektüre von Verlautbarungen aus dem Rathaus.

Ludwig Richter stand vor dem »Carlos« und rauchte. Während er die Zigarette in der rechten Hand hielt, stützte er sich mit der linken an der Hausmauer ab. Der Wind blies ihm ins bärtige Gesicht, und er atmete mit offenem Mund. Den knöchellangen Wildledermantel trug er offen, dazu eine Mütze mit Fellbesatz und Ohrenschützern. Das weiße Hemd hing ihm aus der grauen fleckigen Hose. Sein Oberkörper schwankte, und er hatte Mühe, die Hand flach an der Wand zu halten.
In Minutenabständen kamen Gäste nach draußen und zündeten sich eine Zigarette an. Einige redeten miteinander. Richter blieb für sich.
Süden stellte sich neben ihn, verschränkte die Hände hinter dem Rücken, atmete kalten Rauch ein.
Die Straßenlampen brannten, es wurde dunkel, der harte Schnee knirschte unter den Stiefeln vermummter Gestalten. Süden hatte seine Wollmütze über die Ohren gezogen und den grauen Schal um den Hals geschlungen. Er fror unwesentlich.

»Was genau?« Richter gab ein Geräusch der Erschöpfung von sich und dirigierte seine rechte Hand zum Mund.
»Tabor Süden.«
Richter machte einen Zug, inhalierte tief, ließ den Arm fallen. »Und weiter?«
»Wo ist Ihr Sohn, Herr Richter?«
»Sie sind das!«
»Wo ist Adrian?«
Mit einem Ruck entfernte Richter sich von der Wand. Schwankend trat er die Kippe aus und riss den Mund weit auf. So verharrte er. Dann schüttelte er sich und grinste. »Sie haben gedacht, er wär hier. Sie haben gedacht, mein Sohn sitzt allen Ernstes am zweiundzwanzigsten Dezember an der Bar vom ›Carlos‹ und trinkt Bier. Wie ich. Das haben Sie geglaubt, unglaublich.«
»Ich dachte, vielleicht hatte er Sehnsucht nach Ihnen.«
Der Mann stieß ein lautes, gehässiges Lachen aus. Die beiden Raucher neben ihm unterbrachen abrupt ihr Gespräch. Richter drehte sich zu ihnen um. »Ist was passiert? Zeppelin abgestürzt? Bist du von der Stasi? Schleichst du hier unbescholtenen Gästen hinterher?«
Der etwa dreißigjährige Mann warf seinem Begleiter einen Blick zu. Sie steckten die Zigaretten in den mit Sand gefüllten Aschenbecher neben der Tür und gingen wortlos zurück in die Kneipe. Richter fuchtelte mit der Hand. »Wie bei uns im Geschäft: Jeder bespitzelt jeden. Was wollen Sie eigentlich von mir? Ich weiß nicht, wo mein Sohn ist.«
Süden sagte: »Sie haben mich angelogen.«

Richter zuckte mit der Schulter, fuhr sich mit der Hand übers Gesicht, nickte, zog die Tür auf und ging hinein. Süden erwischte die Tür gerade noch, bevor sie zufiel.
In dem weitläufigen, in dunklem Holz gehaltenen Lokal saßen nur vereinzelt Gäste. Auf allen Tischen brannten Kerzen. Loungemusik spielte. Am Rand des langen Tresens stand ein Adventskranz mit vier weißen, brennenden Kerzen. An einem kleinen Tisch neben der Tür saß zusammengesunken ein dünner Mann in einem roten Rollkragenpullover und mit einer schief sitzenden Nikolausmütze. Vor ihm stand ein halbvolles Bierglas.
Der Barkeeper, ein dunkelhäutiger Mann Mitte dreißig, unterhielt sich mit der Bedienung, deren kunstvoll geflochtener rückenlanger Haarzopf Süden sofort ins Auge fiel.
»Hände weg von Natascha«, sagte Richter, als Süden sich neben ihn an die Bar stellte. »Und setz dich hin, hier wird nicht gestanden.«
»Ich stehe lieber.«
»Noch ein Helles und ein Dunkles, Ronny«, rief Richter dem Barkeeper zu, der sofort näher kam.
Ronny sah Süden an. »Guten Abend. Bitte?«
Süden passierte etwas Ungewohntes: Er wusste nicht, was er bestellen sollte.

Wenn er anfing, Bier zu trinken, würde er nach dem ersten nicht aufhören. Es spielte für ihn keine Rolle, ob er sich in einer Ermittlung befand oder als der übliche Gasthausbewohner unterwegs war. Nach zwei Bieren folgten

gewöhnlich zwei weitere, wie der erste Advent unweigerlich auf den vierten zusteuerte. In seiner Zeit als Kommissar hatte er, vor allem gegen Ende seiner Dienstzeit, nur deswegen nichts oder selten etwas getrunken, weil er auf seinen Freund Martin aufpassen musste, dessen Alkoholabhängigkeit bedrohliche Ausmaße angenommen hatte. Als Detektiv kümmerte er sich – trotz der Ermahnungen seiner Chefin, die ihm immerhin ein monatliches Salär bezahlte – wenig um die Meinung der Leute zu seinem Trinkverhalten. Er achtete darauf, Kunden der Detektei nicht mit einer Fahne zu begegnen und in deren Gegenwart nicht mehr zu trinken als sie selbst.
Bei der Suche nach dem zehnjährigen Adrian Richter wollte er einen klaren Kopf behalten und seine Sinne schon gar nicht von einem Gleichgültigkeit und Selbstgefälligkeit ausdünstenden Vater benebeln lassen.

»Ein Helles«, sagte Süden zum Barkeeper.
Der erste Impuls hatte gesiegt.
Richter stützte die Arme auf den Tresen und betrachtete sich in der Spiegelwand hinter den Flaschenregalen. Er hatte immer noch die Pelzmütze auf und den Mantel an.
Der Barkeeper brachte zwei Helle und einen Fernet auf Eis, den Richter sofort austrank.
Erst jetzt stellte Süden fest, dass in dem Lokal Spatenbier ausgeschenkt wurde.
Durch dauerhaften Konsum von Spatenbier, davon war Süden überzeugt, grub jeder Trinker sich sein eigenes Grab. Insofern war der Name angemessen.

Wie schon Hannah Richter fragte Süden deren Mann: »Haben Sie keine Angst um Ihren Sohn?«
Und wie sie sagte er: »Der schafft das schon.«
Süden brauchte eine Weile, um seinen Zorn unkenntlich zu machen. »Was schafft Ihr Sohn, Herr Richter? Sie haben eine Vermutung, wo er sein könnte.«
Richter nahm die Mütze ab, strich sich mit dem Ellbogen über den Kopf, legte die Mütze auf den Hocker neben sich. Seine rotblonden Haare waren zerzaust und sahen fettig aus. Er schwitzte, dachte aber nicht daran, den dicken Mantel auszuziehen.
»Der ist nirgends, der tut bloß so«, sagte er, mehr zu sich selbst im Spiegel als zu Süden. »Seine Mutter hat fast einen Nervenzusammenbruch wegen dem gekriegt, der ist ein Berserker, der bildet sich was ein, und wenn er es nicht kriegt, tickt der aus. Der brüllt rum, schmeißt Sachen durch die Gegend, unglaublich. Haben Sie den mal gesehen? Ein Brackel ist das, keine Ahnung, wie viel der inzwischen wiegt, für ein Kind jedenfalls zu viel. Ich hab ihn nicht gemästet, seine Mutter auch nicht, der ist einfach so. Wieso, glauben Sie, ist der in dem Haus da? So was passiert doch nicht einfach. Wer gibt denn sein Kind einfach weg? Niemand.«
Süden brauchte etwas Stille nach dem schnarrenden, geifernden Tonfall. Dann sagte er: »Sie haben ihn weggegeben.«
»Ich erklär Ihnen grad was, hören Sie mir nicht zu? Wir haben ihn nicht weggegeben, wir hatten keine Wahl. Seine Mutter ist Amok gelaufen, die konnt den Kerl

nicht mehr bändigen. Und ich war den ganzen Tag in der Arbeit, oft auch sonntags, als die Geschäfte noch besser liefen. Wir hatten Schautage am Sonntag, die Kunden konnten sich in Ruhe die Autos anschauen, ohne sich entscheiden zu müssen. Keine Beratung. Vergessen Sie das jetzt. Ich war nicht da, und Hannah hat's nicht mehr gepackt. Was würden Sie mit so einem Jungen machen? Verprügeln?

Ich nicht. Eine Ohrfeige hin und wieder, klar, im äußersten Notfall, wir prügeln nicht, solche Eltern sind wir nicht, da gibt's ganz andere. Bei mir im Haus drüben wohnen Türken, gute Leute an sich, er bei Siemens, alles geregelt. Aber wenn der nach Hause kommt und die Töchter tragen keine Kopftücher, dreht der Moslem durch. Was wollen Sie machen? Ist seine Familie, geht mich nichts an. Der stammt aus einer Sippschaft, wo die Töchter schon mit zwanzig silberne Hochzeit feiern, Sie verstehen, was ich sagen will. Ein gewalttätiger Fundamentalist, der hier in Haidhausen ein biederes Leben zur Schau stellt. Ich bin nicht blind.

Ich prügel mein Kind nicht. Meine Frau auch nicht. Wehren muss man sich trotzdem, oder was? Wir haben uns gewehrt, was hat uns das gebracht? Irgendjemand hat das Jugendamt angerufen. Eines schönen Tages stand eine Psychologin vor meiner Tür und wollt mir erklären, wie man mit Kindern umgeht. Hab sie weggeschickt. Kam sie wieder, brachte einen Kollegen mit, auch Psychologe, sie wollten in die Wohnung rein, hab ich nicht zugelassen. Haben sie die Polizei geholt. Große

Show für die Nachbarn. Ich lass mich doch nicht verarschen, ich bin doch hier nicht der Asi, der seine Kinder in die Kühltruhe steckt.«

Er trank sein Bier, stellte das Glas auf den Bierdeckel, betrachtete es lange.

Ein junges Paar kam herein, mit dem Geruch nach Glühwein und gegrilltem Fleisch im Schlepptau. Sie küssten sich und setzten sich an einen Tisch im Halbdunkel.

»Also«, sagte Richter und klopfte mit beiden Händen auf seinen Mantel. »Seh ich aus wie der Asi? Prügel ich meine Kinder tot? Bescheiß ich den Staat? Hinterzieh ich Steuern? Mach ich so was? Wenn ich damit Steuern sparen könnt, würd ich meine Fürze lochen und abheften und ans Finanzamt schicken, das garantier ich Ihnen. Aber ich tricks niemand billig aus. Ist das gut angekommen bei Ihnen da oben? Und wenn ich Ihnen sag, der Adrian schafft das schon, dann schafft er das auch. Fragen Sie seine Mutter, wenn Sie wissen wollen, wo er ist, die weiß das, garantiert. Die kennt den Jungen auswendig, die hat seine Tricks alle schon erlebt. Fragen Sie sie.«

»Ich habe Ihre Frau gefragt. Ihr ist das Verschwinden von Adrian genauso gleichgültig wie Ihnen.«

Richter schniefte. »Ist schon klar: Weihnachten ist, da sitzt die Moral locker. Wofür werden Sie eigentlich bezahlt? Für solche Bemerkungen? Wenn Sie meinen Sohn suchen sollen, suchen Sie ihn. Auf geht's. Hurtig ans Werk!«

»Sie haben mir am Telefon gesagt, er wäre bei Ihnen.«

»War er ja auch.«
»Wann?«
»Nicht persönlich natürlich.«
Süden stand da, mit einer Hand am Bierglas, nach außen hin ein gewöhnlicher Zuhörer, im Innern eine Wutmaschine.
»Unpersönlich«, sagte er.
»So ist es. Er hat mir ein Foto von sich auf dem Handy geschickt, aktuell, vor zwei oder drei Stunden. Es geht ihm gut. Ich zeig Ihnen das Foto, damit Sie sich entspannen können.« Er holte sein Handy aus der Manteltasche, klappte es auf, tippte. Dann hielt er Süden das Bild hin. »Das ist er. ›Das bin ich‹, hat er geschrieben, hier steht's. ›Serwus, Adi‹. Zufrieden jetzt?«
Er steckte das Handy wieder ein.
»Er ist aus dem Zeno-Haus weggelaufen«, wiederholte Süden und wunderte sich über seine ruhige Stimme. »Er ist vielleicht in Gefahr, vielleicht will er sich etwas antun.«
»Dass Sie das nicht begreifen!« Richter hob sein Glas in Richtung Barkeeper, der auf einem kleinen Fernseher ein Basketballspiel verfolgte. »Der will sich nichts antun, der Adrian, der will *uns* was antun, seiner Mutter, mir. Der beruhigt sich schon wieder. Jetzt trinken Sie noch ein Bier und dann erklären Sie den Frauen in dem Haus, dass sie wieder runterkommen sollen von ihrer Psychotour. Mein Gott. Ronny, noch mal ein Gedeck für mich und ein Helles für den Herrn.«
»Für mich nichts mehr«, sagte Süden, und zu Richter: »Wer ist Nils?«

»Der kleine Nils? Das ist der Telefonschreck aus dem Radio, wieso?«
»Ich meine den Freund Ihrer Frau.«
Richter drehte den Kopf, sah Süden mit einem Blick an, den der Detektiv so polar fand wie den von Hannah Richter. Er bewegte langsam den Unterkiefer hin und her, bis Ronny das Bier und den Fernet auf den Tresen stellte.
»Ich kenn keinen Freund meiner Frau«, sagte er.
»Bringen Sie mir doch noch ein Bier«, sagte Süden, und Ronny nickte zufrieden.

Jetzt, da es dunkel geworden war, hätte Adrian sich gern in den Schnee gelegt wie in ein weißes Bett, den Gängsta an sich gedrückt, die Augen geschlossen und von Milchreis mit Zimt und Zucker geträumt, so wie ihn sein Opa immer gemacht hatte. Sein Opa war der beste Milchreiskocher in der ganzen Sedanstraße und Haidhausen.
Adrian hörte seinen Magen knurren, es klang, als säße ein kleiner Hund in seinem Bauch, der nicht rausdurfte.
Durstig war er auch, aber genug zu trinken hatte er noch, bloß nichts mehr zu essen.
Als er wieder eine SMS an Fanny schrieb, zitterten seine Finger.

8

Eigentlich sah er keinen Sinn darin, ihm die Nachricht zu zeigen. Dann tat er es doch. Ludwig Richter beugte sich über das Handy, das Süden ihm hinhielt, und verzog das Gesicht, bevor er sich wieder seinem Bierglas zuwandte und in dumpfes Schweigen verfiel – wie schon in den vergangenen zehn Minuten.

Adrian hatte geschrieben: *ich mus was essen oder ich stirb gleich. Adi.*

Die Frage, die Süden umtrieb, hing im Moment nicht mit dem möglichen Aufenthaltsort und der körperlichen Verfassung des Jungen zusammen, sondern mit der Nachricht selbst. Was meinte Adrian mit der Botschaft? Kündigte er bloß die Tatsache an, er würde im nächsten Moment etwas essen? Warum aß er nicht einfach? Gab es eine Botschaft hinter der Botschaft, die nur für Fanny bestimmt war und die nur sie verstand? Oder ging der Junge davon aus, er, Süden, würde den Satz lesen und sollte dadurch, aus welchem Grund auch immer, irritiert oder erschreckt werden?

Während er noch nachdachte, schrieb Süden: *Bin bei Deinem Vater, gegenüber Eurer Wohnung, komm doch bitte auch. Süden.*

Obwohl er mit keiner positiven Reaktion und, wenn er ehrlich war, mit überhaupt keiner Antwort rechnete, hoffte er doch, seine Nachricht würde den Jungen zu einer Handlung bewegen, zu einem Schritt, den er nicht geplant hatte.

Stattdessen erhielt Süden eine simple Frage.
Ist mama auch da?
Nein, schrieb er sofort zurück, *Deine Mama ist im Hotel Daheim beim Bahnhof, ich kann Dich hinbringen.*
Adrians Vater warf ihm einen verächtlichen Blick zu, glitt vom Barhocker, setzte die Fellmütze auf, holte eine Schachtel Marlboro aus der Manteltasche, ging zur Tür.
Süden hob den Kopf. »Ich warte auf Ihre Antworten.«
»Entspannt weiterwarten.« Richter zog die Tür auf und verschwand nach draußen.
Die Bedienung ging zu dem reglos dasitzenden dünnen Mann mit der Nikolausmütze und stupste ihn an der Schulter. »Zum Schlafen gehst aber heim. Hallo.«
Der Mann hob den Kopf und lächelte. »Hallo, Natascha. Frohe Weihnachten.«
»Passt schon«, sagte Natascha.
Als sie sich umdrehte, erhob sich der Mann flugs, streckte den Arm aus und griff nach dem langen Haarzopf der Bedienung. Er verfehlte ihn und ließ sich wieder auf den Stuhl fallen.
»Jetzt reiß dich halt endlich zusammen, Rudi, bittschön.«

Anstatt erwartungsvoll das Handy anzustarren, drückte Süden die Wahlwiederholung und rief Adrian an. Nach mehrmaligem Klingeln sprang die Mailbox an, was bedeutete, Adrian hatte nicht ausgeschaltet und die Nummer im Display gesehen. Möglicherweise hatte Süden einen Fehler begangen, indem er sich zu erkennen gab. Vielleicht wäre Adrian drangegangen, wenn er sich sicher gewesen wäre, dass seine Freundin aus dem Zeno-Haus anrief.

Der SMS-Ton erschreckte ihn. *die mama braucht mich nich, die brauchen mich ale nich.*

Wie aus Trotz wählte Süden noch einmal die Nummer. Diesmal sprang die Mailbox sofort an.

Er steckte das Handy in die Hosentasche, ging zur Wand neben der Tür, lehnte sich dagegen, legte den Kopf in den Nacken und schloss die Augen.

Das Empfinden, nicht gebraucht zu werden, kannte er aus vielen Vermissungen früherer Jahre, aus Hunderten von Gesprächen mit Menschen, die er nach wochen- oder monatelanger Suche aufgespürt und in ihre alte Wirklichkeit zurückgebracht hatte. Mich braucht hier niemand, sagten sie dann, was soll ich wieder hier?

Manche verzweifelten darüber, gefunden worden zu sein. Andere begannen ein neues Leben, das überquoll von Lügen und falschen Gesichtsausdrücken. Einige schämten sich zeitlebens oder verfluchten ihre Angehörigen, weil sie ihnen die Polizei auf den Hals gehetzt hatten.

Die brauchen mich alle nicht.

Süden stand da, an die Wand gelehnt, und der Satz hallte in ihm wider. Adrian war zehn Jahre alt, er war eigenwillig und störrisch und offensichtlich angefüllt mit Zorn. Er forderte seine Eltern heraus, sein Vater schlug ihm ins Gesicht, und seine Mutter ignorierte ihn. Er war umzingelt von Fremden, die behaupteten, für ihn zuständig zu sein. Dabei waren sie in seinen Augen für niemand als für sich selbst zuständig. Was er tat, war falsch. Was er nicht tat, auch. Vermutlich kam ihm sogar sein Schatten verkehrt vor, so, als gehöre er in Wahrheit zu einem anderen Kind. Dann lieferten sie ihn im Zeno-Haus ab. Dort traf er Fanny, die ihn sogleich erkannte. Etwas mehr als einen Monat lebte er seither in dem Haus, und er schien sich aufgehoben zu fühlen und zornloser zu werden. Aber das stimmte womöglich nicht.

Adrian hütete ein Geheimnis, von dem vermutlich nicht einmal Fanny wusste. Trotzdem verriet sie ihn nicht. Sie ließ ihn nicht allein, als er entschieden hatte, »Sachen zu machen«. Fanny blieb seine Schwellenwächterin, auch wenn er sie in seine Pläne nicht eingeweiht hatte. Sie hielt zu ihm, was immer auch passierte.

Süden bewunderte das Mädchen. Und er bewunderte auch den Jungen für seine Entschlossenheit und seinen Willen, sich von niemandem, auch nicht von den wohlmeinenden Erzieherinnen, gängeln zu lassen.

In diesem Augenblick erinnerte sich Süden an eine Bemerkung von Hannah Richter, verwundert, dass er gerade jetzt darauf kam. Sie hatte einen Polizisten erwähnt, an dessen Seite ihr Sohn öfter durchs Viertel gezogen war, wie ein Verbündeter im Kampf gegen die Missetäter des Alltags.

In seinen Aufzeichnungen musste Süden nicht lange suchen: Gregor Berghof, Rablstraße. Dieser Mann schien ein enger Freund des Jungen zu sein. Süden fragte Adrians Vater nach dem Polizisten, nachdem Richter wieder auf dem Barhocker Platz genommen hatte, umweht von kaltem Rauch.

»Der Bulle ist ein Säufer.« Richter trank einen Schluck Bier und schmatzte. »So wie wir, bloß verbeamtet. Hab den lang nicht mehr gesehen, interessiert mich auch nicht.«
»Adrian war viel mit ihm zusammen.«
»Das hab ich ihm sauber verboten. Wer weiß, was der dem Buben einredet oder sonst mit dem anstellt. Der Adrian kann sich wehren, das wissen wir ja, aber so ein ausgeschlafener Bulle kennt alle Tricks. Den können Sie von der Liste streichen.«
»Der Freund Ihrer Frau, Nils«, sagte Süden. »Sie kennen ihn nicht, Sie wissen nicht, wer das ist.«
»Ihre Andeutungen gefallen mir nicht. Reden Sie Klartext, oder muss ich nachhelfen?«
»Nachhelfen ist nie verkehrt.«
Richter ruckte mit dem Kopf. Er zog die Stirn in Falten und machte ein erstauntes Gesicht. Sein Grinsen wirkte fast fröhlich. »Sind wir heut provokant? Haben Sie das Bedürfnis nach einem weihnachtlichen Wunder? Und auf ein Wunder läuft das raus, wenn ich nachhelf, darauf können Sie Ihre grünen Augen verwetten. Sie behaupten, meine Frau hat einen anderen, das ist das, was Sie sagen wollen. Und wieso sagen Sie das nicht? Wieso diese Rumschmiererei? Nils! Ob ich einen Nils kenne. Wenn ich einen kennen würd, würd ich's zugeben und Ihnen verraten, in welchem Krankenhaus der grade ein Wunder auskuriert. So weit verstanden?«
»Sehr gut«, sagte Süden. »Wenn ich Ihren Sohn bis heute am späteren Abend nicht finde, schalte ich die Kripo ein,

die meldet sich dann bei Ihnen.« Er winkte dem Barkeeper. »Zahlen, bitte.«
Bevor er die Bewegung wahrnahm, hörte er einen rasselnden Atemzug und machte einen Schritt zur Seite. Richters Arm traf das leere Bierglas, schnellte durch die Luft, und der Schwung riss den Mann vom Hocker. Er taumelte, trat auf die Scherben, blickte irritiert zu Boden. Während Richter zu einem zweiten Schlag ausholte, umklammerte Ronny, der Barkeeper, ihn von hinten, bog seine Arme auf den Rücken und drückte ihn gegen den Tresen. Richter schrie auf und schnappte nach Luft.
»Zahlen und raus«, sagte Ronny. Er wartete einen Moment, dann ließ er ihn los. »Sechs vierzig«, sagte er zu Süden.
Mit der einen Hand hielt Richter sich am Tresen fest, mit der anderen nestelte er in der Innentasche seines Mantels. Spucke lief ihm aus dem Mund.
»Ich rufe Sie wieder an«, sagte Süden. Er steckte das Wechselgeld ein und verließ das »Carlos«.
Über der Pariser Straße hing ein leuchtender Stern. Winzige Schneeflocken tanzten im Schein des elektrischen Lichts. Auf seinem Weg die Straße hinunter, vorbei an Geschäften und einem eingeschneiten Kinderspielplatz, sah Süden kein einziges unbeleuchtetes Fenster.

Die Rablstraße lag nur wenige hundert Meter vom »Carlos« entfernt, südlich der vielbefahrenen Rosenheimer Straße, die von Haidhausen bis zur Salzburger Autobahn führte.

Von unterwegs rief Süden im Baumarkt Aberle an, um sich nach einem Mitarbeiter mit dem Namen Nils zu erkundigen, was ihm nach einer längeren Geduldsprobe auch gelang. Nils Steinfeger war als Lagerarbeiter angestellt und hatte, wie er als Erstes erklärte, null Zeit. Zwei Tage vor Weihnachten herrschte, wie Süden sich wahrscheinlich denken könne, »absoluter Wahnsinnsbetrieb«. Außerdem sei gleich Ladenschluss und die »Leute von Haus aus genervt«. Vom zehnjährigen Adrian habe er nichts gehört, er kenne den Jungen »praktisch nicht«.
Ob er heute Kontakt mit Hannah Richter gehabt habe, wollte Süden von Steinfeger wissen und erhielt zur Antwort, dass er grundsätzlich mit fremden Leuten nicht über sein Privatleben rede. Jeden seiner Sätze beendete er mit der Bemerkung: »Sonst noch was?«
Nachdem Süden ihm verdeutlicht hatte, dass er, wenn er im Zusammenhang mit einem verschwundenen Kind weiter die Aussage verweigerte, schneller unter Verdacht geriet, als er eine Mutter auf eine Schraube drehen konnte, rückte Steinfeger widerwillig seine Handynummer heraus. Süden kam nicht dazu, sich zu bedanken, Steinfeger hatte schon aufgelegt.
Mit der Suche nach dem richtigen Haus hatte Süden an der Einmündung zur Balanstraße begonnen und dann Haustür für Haustür bis zur Franziskanerstraße abgeklappert, hinter der sich die Rablstraße fortsetzte. Jetzt stand er vor der grauen Holztür eines fünfstöckigen Gebäudes und betrachtete das offensichtlich neu montierte, unzerkratzte Klingelschild, dessen Namen auf weißem

Grund deutlich zu lesen waren – auch der Name Berghof.
Süden klingelte nicht sofort. Er fragte sich sogar, ob er überhaupt klingeln und nicht endlich seine Chefin anrufen und mit ihr das weitere Vorgehen besprechen sollte. Die Art, wie sowohl Hannah als auch Ludwig Richter ihm begegneten und seine Bemühungen ignorierten, war grotesk und nicht länger hinzunehmen.
Andererseits hatte er einen persönlichen Kontakt zu dem Jungen aufgebaut, sie schickten einander Botschaften. Adrian hatte das Verlangen, sich mitzuteilen, auch gegenüber einem Unbekannten, dem er nur deswegen halbwegs vertraute, weil dieser Fannys Handy benutzen durfte.
Außerdem – doch diesen Gedanken verscheuchte Süden – blieb er lieber für sich in dieser Nacht. Er hatte sich versprochen, den Jungen auf eigene Weise zu finden, im Vertrauen auf sein intuitives Tun, von dem er hoffte, er habe es während seiner Auszeit als Vermisstenfahnder nicht verlernt.
In einem Wohn- und Geschäftsblock auf der gegenüberliegenden Straßenseite befand sich neben einem Supermarkt ein Eiscafé. Süden beschloss, einen doppelten Espresso zu trinken und mit Adrian zu kommunizieren. Den Soundtrack steuerten italienische Pop- und Rocksänger bei. Süden war der einzige Gast.
Der Wirt, ein Mann um die sechzig mit grauem Bart, und ein etwa dreißigjähriger Kellner, dessen Stimme die von Zucchero aus dem Lautsprecher leicht übertönte, unter-

hielten sich stürmisch auf Italienisch. Süden verstand kein Wort, horchte aber immer wieder aus verschwendeter Neugier hin. Vielleicht, überlegte er, diskutierten sie über zwielichtige, bestechliche Politiker in ihrer Heimat oder das von einem niederbayerischen Fundamentalisten initiierte allgemeine Rauchverbot in Gaststätten, oder sie konnten sich nicht einigen, welche Sorte Unterhosen die testikelfreundlichste war.

An Adrian schrieb Süden: *Ich gehe gleich zu Gregor, soll ich ihn von Dir grüßen? Süden.*

Einen halben Song von Gianna Nannini später erwiderte der Junge: *was machs du da?*

Ich frag ihn, ob er weiß, wo Du bist. Du bist sein bester Freund.

Der Kellner fuchtelte mit seiner Stimme durch den Refrain.

ich bin nich da, schrieb Adrian, *ich bin gans woanders.*

Wo bist Du denn, Adrian?

wo du nich bist.

Hast Du immer noch Hunger?

nein.

Ist Dir kalt?

ein bischen, nich schlim.

Bist Du allein?

ja.

Hast Du Angst, allein zu sein?

nein, du?

Nein. Es ist schon dunkel, wo schläfst Du heute Nacht?

schlaf heut nich.

Wartest Du auf etwas?
kann sein.
Dann warte ich auch, ich begleite Dich beim Warten.
ok.
Süden schrieb: *Hoffentlich geht der Akku von unseren Handys nicht aus.*
is noch genug saft drinn. Bist du schon beim gregor?
Noch nicht, ich gehe gleich rüber, bin noch im Eiscafé.
marco polo.
Genau. Du warst da auch schon.
schon oft, trink zitronenliemo und der gregor schnabs.
Ich trinke Kaffee, da bleibe ich wach, habe ja noch eine lange Nacht vor mir, so wie Du.
servus.
Bis später, schrieb Süden.
Er steckte das Handy in die Hosentasche und wartete, bis einer der beiden Italiener zwischen den Sätzen Luft holte. Dann hob er die Hand, der Kellner nickte und steigerte gleichzeitig sein Sprechtempo.

9

»Das ist schwer zu erklären«, sagte Gregor Berghof und beugte sich in seinem weißen Ledersessel nach vorn. Es sah aus, als würde sein voluminöser Bauch ihn nach unten ziehen. Das breite, unförmige Gesicht des Vierundsechzigjährigen war gelblich grau, die gelbliche Färbung seiner Augäpfel ließ seine Blicke welk erscheinen. Eingehüllt in eine braune, abgenutzte Wolldecke, unter der er seine Hände und Beine verbarg, mit seinen bleiernen Bewegungen und seinem qualvollen Keuchen, vermittelte er den Eindruck eines von Grund auf erschöpften Menschen. Zu dem von der Stehlampe beschienenen weißen Sessel bildete er einen fast gespenstischen Kontrast.

Süden saß schräg gegenüber auf der angegrauten, ebenfalls weißen Couch, vor sich ein Glas Wasser, und atmete den Geruch nach Medikamenten und altem Mobiliar ein. Die weißen Ledermöbel passten nicht zur braunen Schrankwand, dem alten Kasten des Röhrenfernsehers, den schweren dunklen Vorhängen, den abgetretenen Teppichen, dem Regal voller Zinnbecher und Zinnteller, den zwei gerahmten Gemälden, von denen eines eine Berglandschaft und das andere eine junge Frau in einem Blumengarten zeigte – beide Bilder von Kunstwerken so weit entfernt wie diese Wohnung von jeglichem Lebenselixier.

Berghof hatte seinem Besucher wortlos die Wohnungstür geöffnet, ihm zugehört, als Süden den Grund seines Besuchs nannte, und ihm unaufgefordert ein Glas Wasser in die Hand gedrückt. Nachdem beide sich gesetzt hatten, sagte Berghof: »Sie waren früher bei uns, ich erinnere mich an Ihren Namen.« Und Süden hatte ja gesagt. Berghof nickte behäbig, immer wieder, ächzte, kratzte sich unter der Decke am Bauch und schien sich am Schweigen nicht zu stören.

Nach seinem sphärischen Dialog mit Adrian setzte Süden die Zeitangst etwas weniger unter Druck. Er wartete, bis sein Gegenüber ausreichend Atem für eine erste Bemerkung geschöpft hatte.

»Sie kommen wegen dem Jungen«, sagte Berghof.

Süden fragte ihn, wie er seine Beziehung zu Adrian beschreiben würde.

»Das ist schwer zu erklären«, begann der ehemalige Polizist. Danach verging mehr als eine Minute, bevor er die Kraft für neue Worte fand. »Der Kleine trottete so mit. In den Ferien jeden Tag, würd ich sagen. Ich hab ihn gefragt, ob er nicht lieber mit seinen Freunden spielen will, anstatt mit mir durch die Straßen zu laufen und mir zuzusehen, wie ich Fahrzeuge kontrolliere, den Bürgern Rede und Antwort stehe und mir ihre Alltagssorgen anhöre.«

Er hustete mit gebeugtem Kopf, sein Oberkörper schwankte vor und zurück. »Er hat dann immer gesagt, ich wär doch sein Freund und er sei gern mit mir zusammen, er würde dann viel erleben und nachts schöne Träume haben.«

»Schöne Träume«, sagte Süden. »Adrian ist ein verträumtes Kind.«

»Ich weiß nicht, was für ein Kind er ist. Eines, das keine Freunde hat, offenbar. Kennen Sie Freunde von ihm? Kannten Sie ihn, bevor er verschwunden ist?«
»Nein. Ich kenne eine Freundin von ihm aus dem Sankt-Zeno-Haus, das ist ein Schutzhaus für Kinder aus zerbeulten Familien, die dort zeitweise wohnen und betreut werden. Das Mädchen heißt Fanny.«
Berghof schüttelte bedächtig den Kopf. Erst jetzt bemerkte Süden neben dem Sessel einen Teewagen, auf dessen Glasplatten Unmengen von verschiedenfarbigen Tablettenschachteln, Pillenröhrchen und teilweise gebrauchten Papiertaschentüchern lagen.
»Hab lang nicht mehr mit ihm gesprochen«, sagte Berghof mit brüchiger Stimme. »Fast ein Jahr nicht mehr, würd ich sagen. Wissen Sie, womit er am liebsten gespielt hat, früher, schon als Sieben- oder Achtjähriger? Wenn wir gemeinsam unterwegs waren, den ganzen Tag oft, mit Mittagspause im Bella Italia oder anderswo. Wissen Sie, womit er sich während des ganzen Essens beschäftigt hat?«
Süden sagte: »Er simste.«
»Sie kennen ihn doch! Ja, das tat er, er schrieb an seine Mutter, auch an seinen Vater, ich weiß nicht, an wen alles, hab ihn nicht gefragt. Er hatte die Erlaubnis, kontrolliert hab ich ihn nicht. Doch, einmal. Einmal, ja. Das ist seltsam, dass mir das gerade heut einfällt, gerade jetzt, wo Sie da sind. Daran hab ich nie mehr gedacht seitdem, und das ist mindestens zwei Jahre her. Wie alt war er damals? Sieben?«
»Acht.«

»Acht. Kann hinkommen. Ich wollte ihn nicht kontrollieren.«

Nach einer langen Pause, in der er sich ein wenig zurücklehnte, ohne die Rückenlehne zu berühren – anscheinend wollte er nur aufrecht dasitzen, vielleicht um besser atmen zu können –, sagte Berghof: »Das war ein paar Tage vor Weihnachten, um den zwanzigsten herum. Welchen haben wir heut? Spielt keine Rolle. Sie sind noch jung, Süden, da muss man jeden Tag wissen, was die Stunde geschlagen hat. In meinem Alter und Zustand nicht mehr. Wenn der Fährmann ans Fenster klopft, muss man bereit sein, das ist alles. Verzeihen Sie die Abschweifung. An jenem Tag hatte ich ein langes Gespräch mit einer alten Frau aus der Kellerstraße, sie fürchtete sich vor ihren neuen Nachbarn. Inder waren das, zwei junge Männer, Studenten, aber die alte Frau hielt sie für Drogendealer oder Gesindel. Sie war sehr aufgebracht, ich musste ihr versprechen, mit den Männern zu reden und mir ihre Ausweise zeigen zu lassen. Am besten sollte ich sie aufs Revier mitnehmen und ordentlich in die Mangel nehmen, wie sie sich ausdrückte. Ich war, glaub ich, drei Stunden bei ihr in der Wohnung, sie servierte Tee und Schnaps, und wenn ich Schnaps angeboten krieg ...«

Wieder kniff er die Augen zusammen, seine Schultern krümmten sich, diesmal vielleicht nicht aus Schmerz, sondern wegen eines Nachgeschmacks, vor dem ihm ekelte. »In der ganzen Zeit war Adrian draußen auf der Straße, es schneite. Daran erinnere ich mich jetzt. Ja, es hatte angefangen zu schneien an diesem Tag, und ich hatte ihm die Telefonnummer der alten Frau und mein Handy gegeben, damit er mich im Notfall erreichen konnte. Als ich aus dem Haus kam, stand er da, voller Schnee auf seinem roten Anorak, mit rotem Gesicht, schlotternd und ausgehungert. Wir haben gleich zwei Brezen gekauft, und er hat sie verschlungen. Wo er gewesen sei, wollte ich natürlich wissen, aber er meinte nur, er habe den Schneeflocken zugesehen und Schneebälle geworfen und ein paar SMS geschrieben, an seine Mama und seinen Papa. Das war gelogen.«

Berghof sah Süden aus großen, gelb verschatteten Augen an.

»Er hat mich angelogen, und wenn ich zu Hause nicht nachgeschaut hätte ... Ich weiß nicht mehr, warum, ich wollte ihn bestimmt nicht kontrollieren, das hab ich Ihnen schon gesagt, ich hatte ja Vertrauen zu ihm. Trotzdem nahm ich hier in der Wohnung das Handy und schaute unter ›Gesendete Nachrichten‹ nach. Warum hab ich das getan? Neugier? Nein. Ich tat es einfach, saß in diesem Sessel und tippte auf dem Handy herum, was ich sonst nie tat. Wenn ich nach Hause kam, schaltete ich das Ding aus, und damit war der Tag beendet. Wer mich sprechen wollte, konnte mich übers Festnetz erreichen, wie üblich, wie früher. Meldete sich eh niemand. Dann sah ich, wem er tatsächlich die Nachrichten geschickt hatte, während ich bei der alten Frau in der Kellerstraße festsaß und anfing, ihren Schnaps zu trinken. Wissen Sie, an wen er geschrieben hat?«

»Nein«, sagte Süden.

»Er schrieb an mich! Er schickte die Nachrichten an das Handy, auf dem er sie schrieb. Kurze Sätze bloß: ›Bin jetzt in der Straße‹, oder: ›Jetzt schneits viel‹, oder: ›Wo bleibst du so lang?‹ Solche Sachen schrieb er, mindestens zwanzig Nachrichten. Als würde er mit sich selber sprechen. Das waren ja keine Botschaften an mich für später, Grüße oder Ähnliches, im Grunde schrieb er an sich selbst. So vertrieb er sich die Zeit. Wahrscheinlich hätte ich es irgendwann sowieso bemerkt, aber das hätte Wochen dauern können. Ich kannte niemanden, dem ich eine SMS hätte schicken können oder wollen, und mir schickte auch niemand eine. Diese Funktion meines Handys wäre überflüssig gewesen, wenn Adrian sie nicht genutzt hätte. Im Grunde hätte ich das ganze Handy nicht gebraucht, ich trug es wegen meiner Dienststelle, mein Vorgesetzter hatte darauf bestanden. Ich hätte keines gebraucht.«

Er kratzte sich wieder unter der Decke, röchelte mit halboffenem Mund.

Süden trank einen Schluck Wasser, das lau geworden war.

»Sie haben mit dem Jungen nicht darüber gesprochen.«

»Nein«, sagte Berghof.

»Wo ist Ihr Handy jetzt?«

»Kaputt. Hab mir kein neues besorgt. Wozu? Spätestens Ostern seh ich die Primeln von unten, und da unten ist kein Empfang für niemand. Ich hab noch sehr viel Schnaps im Kühlschrank, möchten Sie ein Glas? Ich

schau Ihnen zu, wie Sie trinken, meine Trinkzeit ist zu Ende, ein für alle Mal.«
Im Flur klingelte das Festnetztelefon. Berghof reagierte nicht. Nach dem fünften Klingeln war es wieder still.
»Sie haben keinen Anrufbeantworter«, sagte Süden.
»Ich antworte schon lang nicht mehr.«

Das war das letzte Mal, dachte Adrian, dass er versucht hatte, seinen alten Freund zu erreichen. So lange hatte er ihn schon nicht mehr gesehen, weil seine Eltern ihm den Umgang mit dem Polizisten verboten hatten. Er hatte nie verstanden, wieso. Wie so vieles andere, was er nie verstanden hatte. Bestimmt hätte Gregor einen Rat gewusst. Adrian drehte das kleine silberne Telefon zwischen den Händen. Wieso, fragte er sich, hatte Gregor ihn weggeschubst, so wie alle anderen ihn weggeschubst hatten?

10

Etwas hatte er übersehen, davon war Süden überzeugt, je länger er im Wohnzimmer des ehemaligen Polizisten saß und aus dessen Sätzen eine Spur herauszulesen versuchte.

Etwas stimmte nicht mit dem, was er bisher gedacht und vermutet hatte, etwas fehlte, etwas hatte er überhört. Denn gleichzeitig war er sich sicher, dass in all dem, was die Erzieherinnen, die Kinder, die Eltern, die Pensionswirtin und nun sein Ex-Kollege ihm erzählt hatten, Echos von Adrians Hilferufen versteckt waren.

Die Personen hatten ihn nicht angelogen, sie beschrieben den Jungen aus ihrer Sicht, aber sie täuschten nichts vor, sie wollten ihn nicht auf eine falsche Fährte locken. Er glaubte ihnen, dass sie Adrians Aufenthaltsort nicht kannten.

Und doch, dachte Süden, steckten in ihren Aussagen Hinweise, die er bisher nicht zu deuten wusste, und er verstand nicht, warum.

Den Schnaps hätte er nicht trinken dürfen.

Mit dem Glas in der Hand stand er an der Tür, ihm war etwas schwindlig, auch von der verbrauchten Luft im Raum. Er betrachtete den gekrümmten Rücken in dem weißen Sessel. Seit einer Weile röchelte Gregor Berghof in wechselnder Lautstärke vor sich hin, ein monotones, wie von Stacheldraht umzäuntes Geräusch.

Süden dachte an die Bemerkung des kranken Mannes von seinem nahen Tod und dass es unter den Primeln keinen Empfang gab. Südens Blick fiel wieder auf die verstaubten Bilder an der Tapetenwand, auf die leblosen Möbel, und er überlegte, wann Berghof zum letzten Mal jemanden empfangen und ob er dies überhaupt je getan hatte. Unter den Primeln oder darüber: Der Mann verweigerte schon lange jeden Empfang, ließ sein kaputtes Handy verstauben wie alles andere, besaß keinen Anrufbeantworter und ging nicht ans Telefon.

Süden stellte das Glas auf den niedrigen Bücherschrank neben der Tür und ging zu Berghof. »Und wenn Adrian Sie übers Festnetz erreichen will? Weil Sie auf andere Weise nicht zu sprechen sind? Hat heute jemand bei Ihnen geklingelt?«

Berghof hatte die Augen geschlossen. »Ja, Sie«, sagte er und sackte gegen die Rückenlehne, sein Mund blieb halb geöffnet.

»Wann genau haben Sie Adrian zuletzt gesehen?«, fragte Süden wie zum ersten Mal.

Und weil die Antwort oder das Nachdenken oder das bloße Atmen Berghof so anstrengten, dass er keinen Laut hervorbrachte, setzte Süden sich wieder auf die Couch, obwohl er lieber stehen geblieben und noch lieber gegangen wäre.

Endlich öffnete Berghof die Augen, sein Blick irrte umher. »Das war damals ... Als ich gemerkt habe, er schreibt an sich selber, das war das letzte Mal, habe ich Ihnen das nicht gesagt?«

»Sie haben gesagt, Sie hätten Adrian vor ungefähr einem Jahr zum letzten Mal gesehen, und die Sache mit dem

Handy sei in der Weihnachtszeit vor zwei Jahren passiert.«

»Das ist wahr, und seitdem habe ich nichts mehr von dem Jungen gehört. Die Eltern wollten das nicht, sie hielten ihn fern von mir, kein Wunder, sie hielten sich alle fern von mir. Dabei war alles erlogen und eine maßlose Hinterfotzigkeit der Familie Gerland. Diese Familie ist schuld an ... Schuld an ... Die Sache ist vorbei. Von mir aus können sie auf mein Grab spucken, die Leute sind so.«

Süden schwieg.

Berghof beugte sich etwas vor, als könne er den Detektiv dann besser erkennen. »Sie wissen das nicht? Sie wissen nicht, wen Sie vor sich haben? Ich bin der Pimmelschüttler von Haidhausen. Zuerst haben sie mich erwischt, wie ich nachts betrunken auf der Straße uriniert habe, dann will Frau Gerland mich auf frischer Tat dabei ertappt haben, wie ich ihrer fünfjährigen Tochter mein Glied zeigte, hinter den Büschen beim Spielplatz. Hab ich nicht getan. Hätt ich niemals getan. Hatte Probleme mit der Prostata, hielt den Druck nicht mehr aus. Und ich habe das Kind nicht gesehen, es war dunkel, Spätherbst, gegen achtzehn Uhr, da war sonst niemand mehr auf dem Spielplatz. Ich weiß nicht, wo das Mädchen plötzlich herkam. Sie stand da und schaute mir zu. Ich hab mich beeilt, aber meine Finger waren kalt und der Reißverschluss klemmte und ... Und da war schon die Mutter und schrie mich an. Drecksau!«

Er hustete, riss die Augen auf und sank erschöpft in den

Sessel. Die Decke auf seinen Knien war verrutscht, er zog sie zurecht, und Süden sah – wie schon bei der Begrüßung – die grauen, knochigen Hände. Berghof vergrub sie wieder unter der Decke und leckte sich die trockenen Lippen. »Ein Polizist als Gliedvorzeiger, noch dazu ein Stadtteilbeamter, eine Vertrauensperson. Einer, der mit den Kindern redet und ihnen Bonbons schenkt. Der sich um die Nöte alter Leute kümmert. Den jeder kennt und respektiert.«

Vor Erschöpfung machte er eine lange Pause. »Haben Sie alles nicht gewusst. Was denken Sie jetzt?«

Süden saß am Rand der Couch, die Arme auf den Oberschenkeln. Er sagte: »Sie wären zum Pinkeln besser in ein Lokal gegangen.«

Berghofs Lächeln erlosch im selben Moment, als Süden es wahrnahm. »Weiser Rat, Kollege. Glauben Sie mir, ich war auf dem Weg dahin, ich wollte ins ›Carlos‹, zweihundert Meter entfernt. Da wollte ich hin. Ich schaffte es nicht. Musste mich auf der Stelle erleichtern, der Drang war grauenhaft. Und dann? Die Kollegen schrieben die Anzeige, haben mich befragt, ich beteuerte meine Unschuld, wie ein gewöhnlicher Täter. Die Familie Gerland erzählte allen Nachbarn davon, der Presse auch. Foto mit Balken im Lokalteil. Tagelange Anrufe hier, auf dem Handy sogar, das dann zum richtigen Zeitpunkt den Geist aufgab. Blieb in der Wohnung. Die Anzeige wegen Erregung öffentlichen Ärgernisses und exhibitionistischer Handlungen wurde niedergeschlagen. Das Kind hatte ich nachweislich nicht berührt und mich ihm auch nicht zugewendet. Ich stand hinter Sträuchern versteckt. Innendienst. Das Ehepaar Gerland zog die Anzeige schließlich zurück, sie hatten erreicht, was sie wollten, ich war von der Straße, raus aus dem Viertel. Auf Wunsch meines Dienststellenleiters sollte ich einen Brief an die Familie schreiben und mich für mein Verhalten entschuldigen. Hab ich nicht getan. Ich wurde verleumdet, hätt mich wehren können und müssen. Die Kollegen standen auf meiner Seite, heute meldet sich keiner mehr von denen. Krebs ist schlimmer als öffentliches Brunzen. Krebs ist ansteckend.«

Keuchend schloss er die Augen.

»Seit diesem Vorfall haben Sie keinen Kontakt mehr zu Adrian«, sagte Süden. »Seine Eltern haben Sie angerufen und erklärt, warum.«

»Er kam nicht mehr.« Berghof drehte den Kopf zum Teewagen mit den Medikamenten. Dann griff er nach einer Packung, ließ sie wieder fallen.

Süden stand auf.

»Bleiben Sie sitzen«, sagte Berghof. »Hab noch eine Viertelstunde Zeit mit dem Zeug.«

Süden fragte sich, woher Berghof wusste, wie spät es war, er trug keine Uhr und im Zimmer hing keine. Süden blieb stehen.

»Ich traf seine Mutter zufällig auf der Straße, das war noch vor der Sache mit dem Mädchen. Und ich fragte sie, warum der Junge sich nicht mehr meldet. Sie sagte, er müsse viel für die Schule machen, außerdem sei er oft mit Freunden zusammen, mit gleichaltrigen Freunden, wie sie betonte. Ich wollte noch was sagen, aber sie ging weg, und ich hab sie nie wieder gesehen. Genauso wenig wie den Vater des Jungen, eine tickende Zeitbombe meiner Einschätzung nach.«

»Sie trauen dem Mann eine Gewalttat zu.«

»Was ich dem zutrau ...« Berghof krallte die Finger beider Hände in die Armlehnen. »Dass er seine Familie auslöscht, seine Frau, seinen Sohn, sich selbst. Weil er ein Versager ist und das irgendwann begreift, und dann wird niemand rechtzeitig zur Stelle sein. Wie immer. Sie kennen das als Kripomann, das ist unser tägliches Brot.« Dann faltete er die Hände und sah Süden beinah gelöst an. »Meines nicht mehr. Ihres auch nicht.«

11

Zurück ins »Carlos« zu gehen, um Ludwig Richter zu beobachten, ob in ihm die Idee eines Anschlags auf seine Familie brodelte, hielt Süden für abwegig.
Als er jedoch die graue Holztür hinter sich zuzog und in die schneekalte Nacht hinaustrat, dachte Süden wieder daran, einen Kollegen aus der Detektei hinzuzuziehen. Für den alten Kreutzer, einen ehemaligen Schreibwarenhändler, der nach seiner Geschäftsaufgabe in der Detektei Liebergesell eingestiegen und dort vor allem als unauffälliger Beschatter tätig war, käme ein solcher Auftrag vermutlich gerade recht. Noch dazu wohnte Kreutzer in Haidhausen. »Ich bin ein stinknormaler Rentner«, sagte er immer, »einer aus der Masse, mich erkennt niemand.«
Süden verwarf den Gedanken wieder. Was sollte der betrunkene Autoverkäufer anstellen? Im Hotel Daheim würde ihn der Portier auf keinen Fall zu seiner Frau vordringen lassen, und Adrian war vor seinem Vater in Sicherheit, wo immer der Junge sein mochte. Ob Richter eine Schusswaffe besaß, wusste Süden nicht.
Überhaupt dachte er über etwas nach, das auf einer Behauptung basierte. Woher der todkranke Berghof die Überzeugung nahm, Adrians Vater sei zu einem Verbrechen fähig, hatte er nicht weiter ausgeführt, und Süden hatte nicht darauf bestanden. Heute Nacht, dachte Süden, würde sich die Aggressivität des Autoverkäufers allenfalls gegen einen Kneipengast richten, oder gegen

sich selbst, wenn er niemanden fand, den er provozieren konnte.

Auf dem rosafarbenen Handy, das ihm mehr und mehr wie ein kurioses Spielzeug vorkam, wollte Süden gerade die Nummer von Nils Steinfeger wählen, dem angeblichen Liebhaber von Adrians Mutter, als es klingelte.

Er hörte die Melodie zum ersten Mal – der Refrain eines englischen Songs, den er nicht kannte. Nummer und Name des Anrufers wurden angezeigt. Süden war so überrascht, dass er beinah auf den falschen Knopf gedrückt hätte.

Er stand auf dem asphaltierten Weg vor dem Eiscafé Marco Polo, das mittlerweile geschlossen hatte und in dessen Schaufenster die winzigen elektrischen Kerzen eines künstlichen Weihnachtsbaumes brannten. Am Tresen blinkten die Augen eines Weihnachtsmannes.

»Süden.«

»Hier ist der Adi.«

Süden horchte der zittrigen, leisen Stimme nach.

»Hörst du mich?«, fragte der Junge.

»Ja. Wo bist du?«

»Hier.«

»Ich freue mich über deinen Anruf.«

»Wieso?«

Weil ich jetzt weiß, dass du noch am Leben bist, dachte Süden und sagte: »Weil ich dann weniger allein in der Nacht herumstehe.«

»Wo stehst'n du?«

»Vor dem Haus vom Gregor.«

»Warst du immer noch nicht drin?«

»Doch. Ich soll dich von ihm grüßen, er wundert sich, dass du ihn nicht mehr anrufst.«

»Stimmt ja gar nicht«, sagte Adrian laut und verstummte sofort. Süden hörte nichts mehr, vermutlich hielt der Junge das Handy zu.

»Du hast ihn schon angerufen«, sagte Süden, der das Gespräch so lange wie möglich hinauszögern wollte. »Aber er ist nicht drangegangen.«

Stille. Dann ein Flüstern: »Genau.«

»Er ist sehr müde und krank, du darfst ihm nicht bös sein.«

»Bin ich aber.«

»Sollen wir gemeinsam zu ihm gehen?«

Adrian schniefte. Ein Glas klirrte. Dann wieder völlige Stille in Südens Handy.

»Wo bist du, Adrian?«

Die dünne Stimme war kaum zu verstehen. »Sag ich dir nicht.«

»Was soll ich tun? Ich tue, was du möchtest.« Süden horchte wie auf das Atmen eines Vogels.

»Ich möchte ...«

Süden schwieg, was ihm schwerfiel. Dann hielt er es nicht mehr aus. »Was möchtest du, Adrian?«

Im Hinterhof, zwischen der Wohnanlage und dem Penny-Markt, gellte ein Pfiff, dann rief ein Jugendlicher den Namen eines Freundes – Milan, Dilan. Kurz darauf vereinigten sich mehrere hallende Stimmen zu einem überschwenglichen Begrüßungschor.

Das Handy ans Ohr gepresst, entfernte Süden sich einige Meter, als im selben Moment die Motoren zweier Autos auf der Franziskanerstraße aufheulten und die Straßenbahn klingelte. Süden fürchtete schon, er hätte inmitten der allgemeinen Krachverschwörung die Erwiderung des Jungen überhört. Als er sie dann hörte, glaubte er an einen verunglückten Scherz.
»Ich möchte, dass du den Nils umbringst. Das möcht ich und sonst nichts.«
»Bitte?« Mehr brachte Süden nicht hervor. Er hörte Adrian atmen. Aus der Ferne hörte er die Stimmen von Leuten, die aus einem Haus, vermutlich einer Kneipe, traten und lachten. Er hörte türkische Musik und erinnerte sich sofort, dass sie schon die ganze Zeit da gewesen war, irgendwo abseits der beleuchteten Ecken. Er hörte seine Schritte im harten Schnee. Stehen bleiben konnte er nicht. Dann hörte er wieder die Stimme im Handy, die so verzurrt wie entschlossen klang.
»Ich möcht, dass du das machst, du musst den Nils umbringen. Bitte.«
»Warum, Adrian? Warum soll ich so etwas Schreckliches tun?«
»Ist nicht schrecklich. Traust du dich nicht?«
Was sollte Süden darauf sagen? Er sagte: »Ich bringe niemanden um.«
»Schad.«
»Schad?«, wiederholte Süden. Er wiederholte es nur für sich, Adrian hatte die Verbindung schon gekappt.
Das Wort brachte er nicht mehr aus dem Kopf.

Schad.
Schad, dass du niemanden umbringst.
Schad, dass du Nils Steinfeger nicht umbringst. Schad.
Dabei hatte der Junge höflich darum gebeten. Bitte, hatte er gesagt.
Schad.

Manchmal, wenn er wie ein Ausgestoßener in seinen Empfindungen umherirrte und Gedanken wie Brennstäbe mit sich schleppte, von denen er wusste, er würde sie niemals entsorgen können, so tief er auch grub, begab er sich in die Nähe eines Toten.
Der Tote war sein ältester Freund. Er hatte ihn im Kindergarten mit Sand beworfen, in der Grundschule von ihm abgeschrieben, im Gymnasium die Ratlosigkeit mit ihm geteilt und im späteren Leben ein Büro und Nächte von monströser Dunkelheit.
Vor vielen Jahren, als sie beide – seit mindestens zwölf Jahren – Hauptkommissare in der Vermisstenstelle der Münchner Kripo waren und Süden schon begriffen hatte, wie sehr sein Freund im Lauf der Zeit innerlich ausgefranst war und Hilfe nur im äußersten Notfall zuließ, kletterte Martin Heuer eines Nachts in den Müllcontainer eines Bordells und schoss sich aus seiner Dienstwaffe eine Kugel in den Kopf.
Niemand war rechtzeitig zur Stelle gewesen. Niemand hatte den Tag erkannt, auch nicht Martin Heuers bester Freund.
Bald darauf bat Süden um die Entlassung aus dem

Staatsdienst und zog nach Köln, wo er als Kellner seinen Unterhalt verdiente. Sieben Jahre später kehrte er nach München zurück. Aus Geldmangel und weil er, wie er begriff, wenig anderes besser konnte, begann er abermals, nach Verschwundenen zu suchen, von nun an im Auftrag der Detektei Liebergesell.

Und seit dem Tag der Beerdigung auf dem Waldfriedhof redete er manchmal mit seinem toten Freund und dieser mit ihm. »Ich verstehe den Jungen nicht«, sagte Süden. Er ging die Franziskanerstraße in Richtung Ostfriedhof, ohne konkretes Ziel.

Der Lagerarbeiter hat die Familie zerstört, er ist die Ursache für die Trennung der Eltern.

»Das wissen wir nicht, außerdem sind die Eltern nicht getrennt.«

Was sind sie dann? Sie haben sich in verschiedenen Verliesen eingerichtet, jeder auf seine Weise.

»Warum soll ich den Mann umbringen? Woher kommt dieser Gedanke in dem Kind? Was stellt er sich vor, was danach passiert?«

Das spielt keine Rolle.

»Für mich schon.«

Du nimmst dich zu wichtig. Der Junge will den Mann beseitigt wissen, nichts weiter. Er will, dass sich die Tür wieder öffnet, die Tür zur Kindheit, so, wie er sie kennt.

»Die Kindheit, die er kennt, war auch ohne den Lagerarbeiter schon verschlossen.«

Aber nun hat er jemanden, den er dafür verantwortlich machen kann.

»Was soll ich tun?«

Verlauf dich nicht.

»Das sagst ausgerechnet du. Du hast dich dein halbes Leben lang verlaufen.«

Und wie ging's aus?

»Entschuldige.«

Süden kam an einem McDonald's-Restaurant vorüber, das bis zwei Uhr nachts geöffnet hatte. Zwei Autos warteten an der Ausgabestelle. Drinnen, in der gelben Beleuchtung, waren Jugendliche zu erkennen, die von Tabletts aßen.

Denk gar nicht dran.

»Warum nicht? Ich habe Hunger, Durst auch.«

Dein Ranzen hat noch Reserven. Du bist im Dienst.

»Wo ist der Junge?«, sagte Süden und setzte seinen Weg fort, grimmig beknurrt von seinem Magen. »Was hat er vor?«

Offensichtlich will er, dass du Dinge für ihn erledigst.

»Er konnte nicht wissen, dass ich mich nach ihm auf die Suche machen würde. Wem hätte er sonst geschrieben? Fanny?«

Wem sonst? Sie weiß alles, und du weißt nichts.

»Du etwa? Ich habe jemanden übersehen, eine Person aus dem Umfeld der Familie, einen Vertrauten von Adrian, einen geheimnisvollen Fremden. Ich glaube nicht, dass er durch die Stadt irrt, er verfolgt einen Plan. Und er scheint einen Unterschlupf gefunden zu haben, er hat Proviant. Und wenn er nur spielt? Wenn er mich doch in die Irre führen will, um Ruhe zu haben? Endgültig?«

Er ist zehn Jahre alt. Und selbst wenn er älter wäre: Potenzielle Selbstmörder führen niemanden in die Irre, der Aufwand lohnt nicht, sie verschwinden lautlos und kehren nicht wieder.

»Ja«, sagte Süden.

Er hatte den Westeingang des Friedhofs erreicht. Hinter dem Eisentor brannten rote Kerzen auf den Gräbern.

Er nahm sich vor, noch vor Heiligabend Martins Grab zu besuchen und diesmal das Teelicht nicht zu vergessen.

Während Süden an der Kreuzung oberhalb des Nockherbergs nach einem Taxi Ausschau hielt und auf seinem Handy die Nummer von Nils Steinfeger wählte, fuhr der schwer angetrunkene Ludwig Richter mit einem schwarzen Audi A7 vor dem Sankt-Zeno-Haus vor. Er ließ den Zündschlüssel stecken, warf seine Fellmütze auf den Rücksitz, spuckte den Kaugummi auf die Straße und räusperte sich auf dem Weg zur Haustür. Seinen inneren Zustand zu verbergen, hatte er in langen Jahren als Verkäufer gelernt. Er wollte etwas, und er würde es kriegen.

12

Die Erleichterung über das höfliche Benehmen des mitternächtlichen Besuchers war der Therapeutin anzumerken. Sie atmete hörbar auf, als er versprach, »selbstverständlich« an der Tür zu bleiben und »keinesfalls« ins Haus kommen zu wollen. Er habe nur seiner großen Besorgnis Ausdruck verleihen und sich erkundigen wollen, ob sein Sohn sich womöglich inzwischen gemeldet habe. Nach dem Besuch des Detektivs sei er verzweifelt durch die Wohnung gelaufen, habe mehrfach versucht, seine Frau zu erreichen, ohne Erfolg. Daraufhin habe er sich entschlossen, nach Giesing zu fahren. Dass es keine Neuigkeiten gebe, sei »niederschmetternd«.

»Wir erwarten jede Minute einen neuen Anruf von Herrn Süden«, sagte Ines Hermann. Sie trug ein blaues Plaid um die Schultern und hatte Schatten unter den Augen. Hinter ihr standen Karla Tegel und Fanny, die den Kopf gesenkt hielt und den Mann mit finsterer Miene beobachtete.

»Herr Süden bemüht sich sehr«, sagte Ludwig Richter. »Stellt gute Fragen, lässt nicht locker.« Er verschränkte die Hände vor dem Bauch, nickte Karla zu und sah das Mädchen eindringlich an. »Du bist die Fanny. Adrian hat mir von dir erzählt, nicht erzählt, das weißt du ja, er schrieb mir auf deinem Handy. Er mag dich sehr. Er hat mir mal geschrieben, du würdest alles über ihn wissen, auch seine Gedanken. Und weißt du, was ich glaube? Ich glaube, du kannst mir und uns helfen, ihn wiederzufinden. Vor ein paar Tagen hat er mir etwas verraten, das ich dir eigentlich nicht sagen darf, und das hätte ich auch nie getan, ich schwör's. Aber jetzt, wo er weg ist und ich das Gefühl hab, dass ich selbst ein wenig mit schuld dran bin, vielleicht hab ich in letzter Zeit falsch reagiert oder ihm was Falsches zurückgeschrieben, das kann schon sein, mir geht's nicht besonders gut zurzeit ... Jetzt also denke ich, ich sollte dir sagen, was Adrian mir anvertraut hat. Wenn etwas ganz Schlimmes passieren sollte, darf ich es dir verraten und du musst dann entscheiden, was zu tun ist. Klingt ganz schön verschwörerisch, aber ich habe ihn ernst genommen. Und du nimmst ihn auch ernst, das weiß ich, Fanny.«

Er wandte sich an die beiden Frauen. »Sie nehmen ihn alle ernst, und ich bin froh, dass er hier ist, bis wir zu Hause die Lage wieder im Griff haben. Im Moment klappt das leider noch nicht.«

»Das höre ich gern«, sagte Ines Hermann. »Bisher haben Sie anders gesprochen, aber wenn Sie sich weiter so öffnen für die Situation, in der Sie sich befinden, und das Wohl ihres Sohnes nicht aus den Augen verlieren, werden wir in absehbarer Zeit zu einer für uns alle befriedigenden Lösung kommen. Ganz bestimmt.«

»Das glaube ich auch.« Richter ging in die Hocke. Unweigerlich landete ein Teil seines Wildledermantels im schmutzigen Schnee auf der Treppe. »Ich würde dir gern etwas anvertrauen, Fanny«, sagte er und wischte sich über den Mund. »Nur dir allein.« Er hob den Kopf zu Ines Hermann. »Erlauben Sie das? Adrian hat mich gebeten, nur Fanny einzuweihen, wenn es denn sein muss. Ob sie es Ihnen weitererzählt, liegt dann bei ihr. Ich möchte nur mein Versprechen halten, das ich meinem Sohn gegeben hab. Das ist wirklich eine ziemlich seltsame Information. Darf ich sie dir weitergeben, Fanny?«

Das Mädchen in den grünen Wollsocken und dem braunen Kleid stand immer noch mit gesenktem Kopf schräg hinter Karla. Nach ihrer Rückkehr ins Zeno-Haus hatte sie zwei Stunden geschlafen, dann hatte ein Traum sie aufgeschreckt und sie brachte kein Auge mehr zu. Außerdem war sie immer noch sauer, dass Süden ihr Handy behalten hatte, so konnte Adrian ihr keine Nachrichten mehr schicken, das war gemein. Das war das Schlimmste von allem, noch schlimmer als der Traum, an den sie sich nicht mehr erinnern konnte. Wieso sollte Adrian seinem Vater ein Geheimnis anvertrauen und ihr nicht? Und wann hatte Adrian das überhaupt getan? Sie hatte ihm öfter ihr Handy geliehen, das stimmte, er spielte gern damit. Aber dass er heimlich an seinen Vater schrieb, hätte sie nicht gedacht. Sie musste Adrian zur Rede stellen, so viel stand fest.

»Wenn Sie meinen«, sagte Ines Hermann und drehte sich zu Fanny um. Im ersten Stock fing ein Kind zu weinen an, wenig später ein zweites.

»Völlig überraschend die Zwillinge wieder«, sagte Karla und ging die Treppe hinauf.

Inzwischen machte Fanny zwei Schritte und blieb stehen.

»Trau dich ruhig«, sagte Ines Hermann. »Ich bin ja da.«

Der Mann kauerte auf der Türschwelle und lächelte.

Fanny wunderte sich darüber, wusste aber nicht, wieso. Also ging sie an Frau Hermann vorbei und stützte die Hand auf die Schulter von Adrians Vater. In derselben Sekunde sprang Richter auf.

Er umklammerte Fanny mit dem rechten Arm, schlug der Therapeutin die linke Faust ins Gesicht und rannte durch den Vorgarten auf die Straße. Ines Hermann taumelte und stürzte blutend auf den Parkettboden. Bevor Karla aus dem ersten Stock wieder herunter- und Yasmin Ebert aus der Küche in den Flur kam, hörten sie bereits das Aufheulen des Motors und die auf der gefrorenen Schneedecke durchdrehenden Reifen eines davonrasenden Wagens.

Noch eine halbe Stunde später, in Gegenwart zweier Polizisten, fanden die erfahrenen Erzieherinnen nicht die geringste Erklärung dafür, warum sie sich von der dreisten Art des Mannes, dessen aggressive und hinterhältige Verhaltensweisen ihnen bekannt waren, hatten überrumpeln lassen.

Obwohl eine Handvoll Väter und Mütter, angetrieben von maßlosem Hass aufs Jugendamt, schon Versuche unternommen hatten, widerrechtlich ins Zeno-Haus einzudringen, war es bisher niemandem gelungen, sein Kind zu entführen. Und einen Tag vor Weihnachten kidnappte ein Vater nicht etwa sein eigenes Kind, sondern ein fremdes! Und keine der verantwortlichen Frauen und auch nicht die anwesenden Polizisten begriffen, was der Mann mit der Aktion bezweckte.

»Die suchen garantiert nach meinem 6er Cabrio«, sagte er zu Fanny, die neben ihm auf dem Beifahrersitz saß. »Aber der steht entspannt beim Michi in der Werkstatt. Kennst du dich mit Autos aus?«

Fanny zeigte keine Reaktion. Von Richters Umklammerung hatte sie Schmerzen in der Brust. Ihre linke Wange brannte, weil er sie nach dem Einsteigen geohrfeigt hatte. Als sie sagte, ihr sei kalt, fuhr er auf einen Parkplatz, holte einen schwarzen Daunenanorak aus dem Kofferraum und warf ihn ihr über den Kopf. Sie zog ihn an und fror nicht mehr, nur noch an den Füßen, an denen sie nichts als ihre weißen Söckchen und die dicken grünen Wollsocken trug. Also klemmte sie die Füße unter ihren Po. Der Ledersitz war beheizt, was sie cool fand, aber nicht zeigte.

»Weißt du, wo wir hinfahren?«, fragte Richter.

Sie schüttelte den Kopf.

»Ich auch nicht. Wir fahren so lang, bis ich weiß, wo Adrian ist. Und wenn du mir nicht sagst, wo er ist, werf ich dich in die Isar. Kannst du schwimmen?«

»Hmm«, machte sie, und ihr Herz schlug schnell.

»Wird dir nichts nützen. Ist zu kalt, die Isar. Wenn du Glück hast, erfrierst du, bevor du ertrinkst. Hast du Angst?«

»Ja«, hauchte sie.

»Dann sag mir, wo Adrian ist.«

Trotz der Wärme, die vom Sitz in ihre Füße und von dort in ihren Körper drang, fing sie wieder an zu frösteln, wie heute Abend, als sie aus dem Traum aufgeschreckt war und lange im Dunkeln gesessen hatte.

»Weiß ich nicht«, sagte sie mit dürrer Stimme.

»Du weißt es nicht.«
»Nein.«
»Du lügst.«
»Nein, ich lüg nicht, ehrlich. Er ist weggegangen, mehr weiß ich nicht.«
»Wohin ist er gegangen?«
Richter gab Gas, und der Wagen raste über eine Brücke und in einen Tunnel. Fanny sah aus dem Fenster. Außerhalb der Straßenlampen war alles schwarz, sogar der Schnee in der Ferne und der Fluss. Fanny dachte so vieles gleichzeitig, dass ihr fast schlecht wurde. Zwischendurch fiel ihr ein, dass sie Angst hatte. Dann ballte sie die Fäuste in den Anoraktaschen und hielt die Luft an. Sie senkte den Kopf, linste unauffällig nach links und betete stumm, der Mann würde nichts bemerken.
Im nächsten Moment überlegte sie, wie sie ihm das Handy klauen könnte, das er auf die Konsole zwischen den Sitzen gelegt hatte. Dann dachte sie wieder an Adrian, an seine Worte heute Morgen und gestern Abend, und seine Worte bildeten ein einziges Knäuel in ihrem Kopf. Beinah hätte sie vergessen auszuatmen. Der Mann warf ihr einen schnellen Blick zu, weil sie nach dem langen Luftanhalten schnaufen musste.
»Gib Bescheid, wenn's dir wieder eingefallen ist«, sagte er.
Auf dem Mittleren Ring herrschte wenig Verkehr. Fanny hatte keine Ahnung, durch welche Stadtteile sie fuhren. Sie war in München aufgewachsen, aber aus Trudering nie groß herausgekommen, soweit sie sich erinnern konnte. Daran durfte sie jetzt nicht denken.

Wenn Adrian erfuhr, was gerade mit ihr passierte, würde er wütend werden, da war sie sich sicher. Er würde sie ausschimpfen, weil sie das Spiel seines Vaters mitspielte und sich nicht wehrte, so wie er es getan hatte. Sie wehrte sich doch!, dachte sie. Sie saß doch nicht tatenlos herum, sie tat eine Menge, wenn auch vorläufig bloß im Kopf. Das zählte genauso. Manchmal war Adrian ein echter Schlaubauch, das nervte sie. Falsche Gedanken!, dachte sie.

Vielleicht sollte sie einfach sagen, ihr wäre schlecht, sie müsste gleich kotzen, da würde er bestimmt anhalten, damit sein sauberes Auto nicht schmutzig wurde. Schlechter Plan. Das Wichtigste war …

Im nächsten Moment kippte sie vornüber und landete unter dem Armaturenbrett. Der Mann hatte ihr mit voller Wucht auf den Hinterkopf geschlagen. Mit Gesicht und Schulter war sie gegen das Handschuhfach geschrammt. Alles war so schnell passiert, dass sie den Kopf erst hob, als der Mann seine Hand schon wieder weggenommen hatte, mit der er sie nach unten gedrückt hatte. Drohend hob er den Zeigefinger, legte ihn auf die Lippen, sah in den Rückspiegel und verzog das Gesicht. »Entspann dich wieder, die Bullerei ist weg.«

Fanny rappelte sich in die Höhe.

»Hab ich gesagt, du sollst dich hinsetzen? Bleib da unten und denk weiter nach, wo Adrian ist. Ich geb dir noch zehn Minuten. Bild dir nicht ein, ich mach hier Spaß, ich mach nie Spaß, das hat dir Adrian garantiert erzählt.

Wenn ich was sag, dann ist das so. Glaubst du, ich lass mich von dir verarschen? Du kleines Mädchen. Wie hast du deine Eltern fertiggemacht? Verrat's mir. Unterhalten wir uns ein wenig.

Stell dir vor, ich bin der letzte Mensch, mit dem du reden kannst, niemand sonst mehr da auf der Welt. Los, Fanny, spielen wir Letzter Mensch auf der Welt. Wir zwei sind die letzten Lebewesen, du und ich, und du willst mir noch was sagen, bevor du nie wieder etwas sagen kannst. Wie hast du deine Eltern dazu gebracht, dass sie dich ins Heim stecken? Hast du nicht getan, was sie von dir verlangten? Ewig dagegengesprochen? Immer genau das gemacht, was du nicht hättest machen sollen? So was in der Art? Kenn ich alles, du brauchst mich nicht anlügen, ich seh dir an, was für eine du bist. Kein Wunder, dass ihr euch so gut versteht, der Adrian und du, ihr seid beide vom selben Schlag.

Da fragt man sich als Eltern: Wie ist das möglich? Warum ich? Warum krieg ausgerechnet ich so einen Sohn, der so tut, als wär er der König der Welt? Andere Kinder folgen ihren Eltern, ziehen gern die Sachen an, die sie ihnen kaufen, gehen mit ihnen spazieren, unterhalten sich normal. Warum hab ich keinen normalen Sohn, fragt man sich.

Und deine Mutter? Die wird sich auch gefragt haben, warum sie keine normale Tochter hat, sondern eine wie dich. Heulst du? Heul weiter. Das ist das Einzige, was ihr könnt, heulen und schreien. Heulen und schreien. Dann ist für zwei Tage Ruhe, dann geht das Gequake von vorn los.

Mach dir nichts draus, Fanny, ihr seid nicht die Einzigen. Euch kann man wenigstens noch zur Ruhe bringen. Euch kann man noch zeigen, was es heißt, zu widersprechen und sich aufzumandeln. Das heißt nichts Gutes, das weißt du ja, das kann weh tun, sehr weh tun kann das. Bei den Erwachsenen, die so sind wie ihr, ist das nicht so einfach. Geht aber auch. Und du denkst, du kannst mich provozieren.
Bei den Frauen in dem Haus schaffst du das, die dürfen sich nicht wehren, die werden dafür bezahlt, dass sie euch aushalten. Ich muss dich nicht aushalten. Den Adrian auch nicht. Meine Frau muss ich auch nicht aushalten, meinen Chef auch nicht, den Liebl Max auch nicht. Kennst du den Liebl Max? Ein Intrigant, aber immer höflich zu den Kunden. Was denkst du, Fanny? Sind die zehn Minuten um?«
Sein abruptes Schweigen traf sie wie eine Ohrfeige. Sie hatte jedes Wort gehört, das er abwechselnd gegen die Windschutzscheibe und auf sie hinunter bellte. Was er sagte, klang in ihren Ohren so verwirrend und furchteinflößend wie das Getrommel ihrer Gedanken. Seine Frage hatte sie überhört. Als er sie jetzt wiederholte, reagierte sie nicht.
»Sag, sind die zehn Minuten schon um?«
Sie bogen in eine Seitenstraße zwischen hohen grauen Häuserwänden ein. Das Auto hielt an. Fanny horchte. Um sie herum war es still.
Sie hob den Kopf. Der Mann lächelte sie an. Aus Verlegenheit lächelte sie auch.

13

»Wir verstehen uns«, sagte Ludwig Richter. Er hörte nicht auf, das Mädchen anzusehen, und Fanny wagte nicht, sich zu bewegen. »Das waren früher Kasernen, amerikanische Soldaten waren hier stationiert. Haben uns beschützt. Weißt du, vor wem die uns beschützt haben? Ich auch nicht. Vor den Russen wahrscheinlich. Hat nicht geklappt, die Russen sind heut überall, die kaufen unsere Autos und Frauen mit ihrem Taschengeld. Sehr reich, die Russen. Ganze Wohnblöcke gehören denen, hast du das gewusst? In ein paar Jahren werden denen ganze Stadtteile gehören, aber da wohnt dann niemand. Die Russen wohnen in Russland, die wollen nur ihr Geld loswerden. So ist die Welt. Und wir zwei mittendrin. Hast du Hunger?«

Sie wusste nicht, was sie sagen sollte.

»Hast du Durst?«

Sie schüttelte den Kopf und wusste nicht, wieso.

»Zufriedenes Mädchen. Passiert auch nicht so oft. Dann schlag ich vor, du sagst mir, wo der Adrian ist, wir fahren hin, ich hol ihn ab, und du kommst zurück in dein Heim. Ich geb dir Geld für die U-Bahn. Und im Heim sagst du den Frauen, dass ich dich gut behandelt und dir nichts getan hab. Wirst du das machen? Fanny?«

Vielleicht entfachte der Klang ihres Namens den Mut in ihr. Vielleicht hatten ihre Gedanken sich selbst geordnet und die Stimmen zum Verstummen gebracht, von denen sie dachte, sie würden gleich ihren Kopf sprengen. Vielleicht hatte sie schon längst eine Entscheidung getroffen und es bloß nicht begriffen. Jedenfalls empfand sie auf einmal eine große Erleichterung, und es kam ihr vor, als würde die Stimme aus ihrem Mund galoppieren.

»Ich glaub, ich weiß, wo der Adi ist«, sagte sie. »Er hat mir verboten, dass ich jemandem was sag, und ich hab's ihm versprochen. Und Sie müssen mir versprechen, dass Sie mich bei ihm nicht verraten. Bitte. Das ist total wichtig, Adi ist mein bester Freund, und ich will nicht, dass er mich nie wieder anschaut. Verstehst du das?«

»Das versteh ich doch«, sagte Richter und verschränkte die Arme. Er brauchte dringend etwas zu trinken, und allmählich brauchte er auch eine Frau. Das war das geringste Problem. »Wo ist der Adi?«

»Darf ich mich wieder auf den Sitz setzen?«

Anstatt zu antworten, packte Richter das Mädchen an der Schulter und zog es hoch. Der Anorak verrutschte, und sie schlug sich das Knie an der Kante des Handschuhfachs an. Tränen traten ihr in die Augen. Aber sie wollte nicht heulen, und das schaffte sie auch. Mit einer schnellen Bewegung wischte sie sich über die Augen, schniefte und setzte sich aufrecht hin.

Von nirgendwo war ein Geräusch zu hören. Fanny versuchte, einen Blick auf die Uhr am Armaturenbrett zu werfen, was ihr nicht gelang.

Richter beugte sich vor und legte ihr die Hand aufs Bein, drückte zu. »Verarsch mich nicht, Mädchen, ich mach keinen Spaß, das hab ich dir schon gesagt. Ich hoffe, du hast das wirklich verstanden. Ja?«

Sie nickte.
»Ich frag dich, ob du mich verstanden hast. Kannst du nicht reden?«
»Doch.«
Mit der Hand, mit der er gerade noch auf ihren Oberschenkel gedrückt hatte, schlug er ihr so schnell auf die linke Wange, dass sie keinen Muskel mehr anspannen konnte und ihr Kopf gegen das Seitenfenster knallte. Sie stieß einen Schrei aus, Tränen schossen ihr in die Augen, und sie fing an, laut zu weinen. Richter sah ihr zu, reglos, schmatzend. Als das Schütteln ihres Körpers abebbte, griff er in seine Manteltasche, holte eine Packung Papiertaschentücher hervor und warf sie dem Mädchen in den Schoß.
»Schneuzen!«
Fannys Kopf dröhnte. Sie schnappte mit weit geöffnetem Mund nach Luft und ließ aus Versehen zwei Taschentücher zu Boden fallen. Dann putzte sie sich die Nase und schluchzte noch eine Weile in sich hinein.
»Alles gut«, sagte Richter. Wieder warf er einen Blick in den Rück- und den Außenspiegel und schaute auf die Uhr. Sieben Minuten nach halb eins.
Beim Sprechen bekam Fanny kaum Luft. »Ich weiß, wo der Adi ist. Er hat's mir gesagt. Ich bring Sie hin, versprochen.«
»Warum hat das so lang gedauert?«
Fanny redete sich ein: Ich bin jetzt eine Verräterin.
Fünfmal hintereinander redete sie sich das ein, dann sagte sie: »Ich wollt den Adi nicht verraten.« Dann dachte sie

ein sechstes Mal, dass sie eine Verräterin sei und dafür bestraft werden würde. Adi sagte, Verräter kämen in die Hölle und würden dort verbrennen, tausend Jahre lang.
Sie wollte nicht erfrieren und ertrinken.
Verbrennen wollte sie auch nicht.
»Hör auf zu heulen«, sagte Richter.
»Okay.«
»Wo ist er?«
»Halligenplatz.«
»Was?«
»Da ist er, am Halligenplatz.« Fanny dachte: Jetzt hab ich es gesagt, jetzt weiß er es, jetzt hab ich es getan.
»Heiligenplatz? Wo soll der sein?«
»Nicht Heiligenplatz, Halligenplatz.«
»Nie gehört. Wir fahren zur Isar, fertig.«
»Hast du keinen Stadtplan?«, sagte Fanny schnell.
Wie vorhin hob Richter drohend den Zeigefinger und drehte sich von ihr weg. Er tippte den Namen in sein Navigationssystem. Der Platz und die umliegenden Straßen wurden angezeigt. »Das ist am anderen Ende. Ist doch Blödsinn, was du erzählst. Was soll der Adrian da?«
»Er trifft jemanden.«
»Wen denn?«
»Weiß nicht genau. Einen Polizisten, glaub ich.«
Richter kniff das rechte Auge zu, als schmerzte ihn Fannys Stimme. »Wen? Einen Polizisten?« Er sah sie an, und sie zwang sich dazu, nicht wegzuschauen.
»Der ist ein Freund vom Adi. Georg, glaub ich, heißt der.«
»Georg? Oder Gregor?«

»Weiß nicht. Kann schon sein, dass er Gregor heißt. Kennen Sie den?«
»Ob ich den kenne?« Er wusste nicht, was er von Fannys Aussage halten sollte, schaute in den Rückspiegel. Auf der Hauptstraße fuhren vereinzelt Lastwagen vorüber.
Verwirrt legte Richter wieder die Hand auf Fannys Bein, drückte aber weniger fest zu als beim ersten Mal. Das Mädchen blieb wachsam. Diesmal wollte sie sich nicht von einer Ohrfeige überraschen lassen.
Wachsam zu bleiben, hatte sie zu Hause gelernt. Nach der langen Zeit im Zeno-Haus hatte sie es fast vergessen.
»Und wieso treffen die sich da draußen?«, sagte Richter.
»Der Kerl wohnt in Haidhausen. Hast du dich verhört? Hat er Haidenauplatz gesagt? Obwohl der auch zu weit weg wär.«
»Halligenplatz«, sagte Fanny und ballte die Fäuste. »Die haben da was zu besprechen.«
»Was denn, verflucht?«
»Das hat er mir nicht verraten. Er musst' nur ganz schnell weg heut Morgen. Er hat gesagt, der Georg oder der Gregor kann ihm helfen, sonst niemand. Niemand auf der Welt.«
»Der Bulle ist ein Arschloch, der hat unseren Sohn manipuliert, und angefasst hat er ihn auch. Der gehört weggesperrt, so einer ist das.«
»Dann ist der Adi in Gefahr?« Fanny legte ihre rechte Faust auf Richters Hand, die immer noch auf ihrem Bein lag. »Dann müssen wir ihn schnell finden und befreien. Fahr los, bitte, fahr los.«

Richter betrachtete die kleine blasse Hand auf seiner, schmatzte, zog seine Hand weg. »Wenn das stimmt, was du sagst, kriegt die Isar heut jemand anderen zu fressen.«
»Das stimmt, was ich sag.« Fanny zog die Beine unter ihren Po. »Machst du bitte die Heizung wieder an?«
»Na also, du kannst ja normal bitte sagen, wenn man dich richtig erzieht.«

Adrian hörte Schritte und presste beide Hände auf seinen Mund.

14

Von der breiten Straße zwischen den unzähligen Geschäften, Autofirmen, Werkstätten, Supermärkten und Tankstellen kannte Fanny den Namen: Wasserburger Landstraße. Das Wort Wasserburg hatte sie sich sofort gemerkt.

Daran durfte sie jetzt nicht denken. Ein anderer Name war jetzt wichtig: Gregor. Und das Wichtigste: Adi hatte ihr erzählt, dass er Gregor am Halligenplatz treffen wollte, heute, also gestern. Warum die beiden sich trafen, hatte er nicht gesagt. Und es war ganz sicher der Halligenplatz, kein anderer. Das war die Wahrheit. Adis Vater wusste Bescheid, weil sie ihm die Wahrheit gesagt hatte. Hundertmal fragte er sie während der Fahrt quer durch die Stadt: »Hast du die Wahrheit gesagt? Ist das wahr, was du mir da erzählst?« Ja, sagte sie jedes Mal, das ist wahr. Sie wiederholte den Satz, sooft er wollte.

Sie fuhren auf einer der Ringstraßen und durch weitere Tunnels. Irgendwann bogen sie in die Wasserburger Landstraße ein. Fanny sah den Pfeil auf dem bunten Bildschirm, der sich weiter vorwärtsbewegte.

Für Ludwig Richter war die Gegend kein unbekanntes Gebiet. In der Damaschkestraße, die von der Wasserburger abzweigte, hatte sein Freund Michi seine Niederlassung mit angeschlossener Werkstatt. Dort, dachte Richter an der Kreuzung, stand entspannt sein BMW und war für die Polizei unsichtbar.

Von Anfang an war Richter überzeugt gewesen, dass im

St.-Zeno-Weg kein Mensch das schwarze Auto würde beschreiben können, schon gar nicht die Erzieherinnen. Bis die sich aufgerappelt hatten – das war ihm schon klar, als er das Mädchen ins Auto bugsierte –, war er aus Giesing längst verschwunden.
Und was die Drohung anging, das Mädchen in die Isar zu werfen, falls sie versuchen sollte, ihn auszutricksen – die war zuerst nur ein Witz für ihn. Er hätte das Mädchen ordentlich verprügelt und sich dann der Polizei gestellt, was blieb ihm übrig? Er hatte keine Lust wegzulaufen, sich zu verstecken, sein Bild in der Zeitung zu sehen. Vorher würde er noch eine halbe Flasche Wodka trinken, damit war die Sache klar: Er befand sich in einem Ausnahmezustand, schwerer Alkoholgenuss, Frau weggelaufen, Kind weggelaufen, Ärger in der Arbeit, und das alles zwei Tage vor Weihnachten. Komplett neben der Kappe, das verstand jeder. Mit dem richtigen Anwalt würde sich das regeln lassen. Er war das Opfer, dachte Richter und nickte, er, nicht das Mädchen. Er war derjenige, dem sämtliche Kulissen wegbrachen. Schauen Sie sich meine Frau an, würde er zur Polizei sagen, wie geht die denn mit unserem Sohn um? Verschanzt sich in einer Bahnhofsabsteige. Nimmt Tabletten. Geht fremd.
Den Ficker hatte er fast vergessen. Nils. Der kam als Nächster an die Reihe. Nach seinem Sohn. Für seinen Sohn fiel Weihnachten in diesem Jahr aus, das stand fest.
»So«, sagte er und hielt an. »Wir sind am Ziel. Halligenplatz. Welches Haus?«

Fanny drückte die Stirn ans Seitenfenster. In den Häusern, die sie erkennen konnte, brannte kein Licht. Die Hecken waren so tief eingeschneit wie die meisten Autos, die am Straßenrand parkten.
»Welche Nummer?« Richter packte Fanny im Genick. »Meine Geduld ist bei null.« Wenn sie ihn noch mehr reizte, garantierte er für nichts, das spürte er.
Seine Unberechenbarkeit in bestimmten Momenten war etwas, das ihn selbst verblüffte. Er hatte nicht jedes Mal seinen Sohn oder seine Frau verprügeln wollen, sie sollten lediglich seinen Standpunkt kapieren. Und dann sprang diese Maschine in ihm an und riss ihn mit und trieb ihn weiter und weiter, durchs Zimmer, durch die Wohnung, bis zur Erschöpfung. Hinterher staunte er oft, war kurz davor, sich zu entschuldigen, wozu es nie kam. Doch ein gewisses Staunen hielt schon mal ein paar Tage an.
Wahrscheinlich genügte es, wenn er nur ihren Kopf unter Wasser drückte. »Welche Nummer?«, schrie er ihr ins Ohr.
»Achtzehn, glaub ich.« Sie blinzelte heftig, weil sie nicht weinen wollte.
»Ja oder nein?«
»Ja ... achtzehn.«
Er ließ sie los und schaltete wieder den Motor ein. Im Schritttempo fuhr er an Häusern mit kleinen Grundstücken vorbei. Gegenüber, auf dem leeren, im Sommer begrünten Platz, ragten knorrige Bäume in den schwarzen Himmel. Der Platz setzte sich hinter der Samlandstraße

fort und endete vor einer Neubausiedlung aus Doppelhaushälften und anderen Mehrfamilienhäusern, die entlang der Haffstraße auf der grünen Wiese erbaut worden waren.

Das Haus Nummer 18 war das letzte in der Reihe vor der Haffstraße, ein im bleichen Licht einer Straßenlampe baufällig wirkendes Einfamilienhaus mit braunen Lamellenläden an den Fenstern und einem gebogenen Kupferdach über dem Eingang, zu dem drei Steinstufen hinaufführten. Im Garten wuchsen Sträucher.

Richter schaltete den Motor und das Licht aus. »Was will der Adrian in der Bruchbude? Wer wohnt hier?«

Fanny setzte sich aufrecht hin, die Hände unter den Oberschenkeln. Ihr Herz schlug ihr bis zum Hals. »Das weiß ich nicht. Ich weiß bloß, dass der Adi den Gregor hier trifft, der hat eine Freundin.«

»Der hat eine Freundin?« In Fannys Ohren klang Richters Stimme wie ein Bellen. »Der Bulle hat eine Freundin? Willst du mich verarschen? Willst du, dass ich dich gleich verprügel? Was für eine Freundin?«

»Weiß nicht ... Bitte, ich geh jetzt rein und hol den Adi raus ...«

»Du gehst da auf keinen Fall rein.«

»Aber ich muss doch ...«

»Wir gehen beide rein, was glaubst du denn? Steig aus.«

»Nein.« Fanny sah ihn an. Wenn sie jetzt versagte, dachte sie, wäre Adi verloren, und dann wäre es ihr egal, ob sein Vater sie in die Isar warf. Dann wollte sie eh nicht mehr leben, dann hätte sie alles falsch gemacht im Leben. »Wenn der Adi merkt, dass Sie da sind, haut er ab.« Sie wunderte sich über ihre klare Stimme. »Niemand darf erfahren, dass er in diesem Haus ist, und der Gregor wird Sie auch nicht ins Haus lassen, mich schon. Ich hol Ihnen den Adi, das hab ich versprochen und das mach ich auch.«

»Glaubst du, ich bleib hier im Auto sitzen? Hältst du mich für einen Trottel?« Er schlug ihr gegen die Schulter. »Hältst du mich für völlig blöde?«

Fanny gab keinen Laut von sich. Sie rieb sich den Arm und zitterte am ganzen Körper. Sie verbot sich jedes Wimmern. Erst musste sie Adi retten, dann kam alles andere.

Gerade wollte sie sagen, er solle sich keine Sorgen machen, da packte er sie wieder im Genick wie eine Katze, riss die Fahrertür auf und zog sie über den Fahrersitz ins Freie. Er presste sie gegen die Karosserie und lehnte sich an sie, dass sie seinen Atem roch. Mit der anderen Hand umklammerte er ihren Hals. Die Kälte des Schnees drang durch ihre Socken und über die Beine bis in ihren Bauch. Durch den halb geöffneten Mund atmete sie eisige Luft ein. Der Anorak war kein Schutz gegen das harte Autoblech in ihrem Rücken.

»Hol mir den Adi, und dann entscheid ich, was ich mit dir mach.« Von seiner Stimme wurde ihr schlecht. Sie durfte sich nichts anmerken lassen.

»Ich hol ihn«, sagte sie leise.

Er ließ sie los. »Worauf wartest du?«

In ihren durchnässten Socken, die nicht mehr grün, sondern grau waren, ging sie durch den Vorgarten zur Haustür. Richter stand am Tor und wartete. Er trug den Mantel offen und schien die Kälte nicht zu spüren.

Fanny stieg die Steinstufen hinauf, streckte die Hand nach der Klingel aus und hielt inne. Sie konnte ihren Arm nicht mehr bewegen. Sie schaute ihre Finger an, die auf und ab flatterten, wie die Gliedmaßen eines anderen Menschen. Fasziniert betrachtete sie den schwarzen Ärmel und die schneeweiße Hand. Im nächsten Moment ließ sie den Kopf fallen, weil sie überzeugt war, dass ihre Füße auf der Steinstufe festgefroren waren. Vielleicht starb sie jetzt, dachte sie, und vielleicht ist der Adi dann gerettet.

Von einer unbekannten Kraft gesteuert, drückte ihr Zeigefinger auf den runden Klingelknopf.

Im Innern des Hauses hallte ein rasselnder Ton wider. Fanny klingelte noch einmal, ein drittes Mal. Dann ließ sie den Finger auf dem Knopf, und ihr Kopf kippte nach vorn. Mit der Stirn berührte sie das kalte Holz der Tür.

Im Licht einer Straßenlampe sah Richter vom Bürgersteig aus die schmale, gekrümmt dastehende Gestalt des Mädchens und hatte ihren Namen vergessen. Er wusste auch nicht mehr, wie der Platz hieß, an dem sie sich befanden. Das Haus, das Mädchen, die Umgebung verschwammen vor seinen Augen. Er stützte sich mit beiden Händen auf dem schmiedeeisernen Gartentor ab. Übelkeit kroch in ihm hoch, wie nach einer dieser elenden Nächte in der Ingolstädter Straße, wenn er auf dem

Heimweg im Taxi den Geschmack nach Huren und Schnaps nicht aus dem Mund brachte.
Wie hieß das Mädchen? Das Rauschen in seinem Kopf raubte ihm jede Konzentration. Er brauchte endlich wieder etwas zu trinken. Und er musste zu seiner Frau in den Bahnhofspuff fahren und ihr zeigen, was gespielt wurde.
In das Pochen seiner Schläfen mischte sich ein blechernes Klingeln, das nicht aufhörte. Er schwankte, umklammerte die Kante des Eisentors, schwang vor und zurück, sah ein grelles Licht und richtete sich benommen auf.
Das Licht kam aus dem Hausflur.
Vor Fanny stand eine Frau Anfang dreißig in einem rosafarbenen Morgenmantel und rosa Hausschuhen mit weißen Bommeln. Die Frau hielt ein Küchenmesser in der Hand.
»Psst«, machte Fanny und legte ihren Zeigefinger an die Lippen. Der Finger, mit dem sie die ganze Zeit auf die Klingel gedrückt hatte, war kalt wie ein Eiszapfen. »Du darfst nichts sagen, Mama. Der Mann ist ein Mörder, er hat mich entführt ...«
Fannys Mutter sah über ihre Tochter hinweg zum Gartentor, wo der Mann zu ihr herstarrte. »Ich spring ins Haus, und du sperrst die Tür ab. Verstehst du das, Mama?«
»Ich hol mir den Adi, ihr Schlampen«, schrie Richter und stakste mit eckigen, schnellen Schritten aufs Haus zu.
»Los, Mama!« Fanny schubste ihre Mutter in den Flur, knallte die Tür hinter sich zu, fuhr herum und drehte den

Schlüssel im selben Moment, als Richter gegen die Tür schlug.

»Ich mach dich kaputt«, brüllte er. »Mach auf oder ich bring euch beide um.«

Erschrocken, verschlafen und verkatert stand Nora Wiese im Flur, das Messer auf die Tür gerichtet, während Fanny ins dunkle Wohnzimmer lief und nicht lang nach dem Handy ihrer Mutter suchen musste. Es lag auf dem Tisch, zwischen einem von Kippen überfüllten Aschenbecher, zwei Gläsern und einer leeren Flasche Rotwein. Sie tippte 110, und als sich ein Polizist meldete, sagte sie außer Atem: »Überfall Halligenplatz 18, Trudering, meine Mutter und ich werden bedroht, Sie müssen sofort kommen, der Mann hat mich aus dem Zeno-Haus entführt, das ist der!«

Sie unterbrach die Verbindung, steckte das Handy in die Anoraktasche und bemerkte ihre Mutter im Türrahmen. Von draußen schlug Richter weiter gegen die Haustür, ununterbrochen.

»Was ist denn los, Fanny?« Offensichtlich fiel ihr nicht auf, dass sie das Messer jetzt auf ihre Tochter richtete. Im Flurlicht sah sie alt und grau aus, ihre braunen Haare hingen herunter, und sie hatte tiefe Schatten unter den Augen.

»Das war gut, dass du so schnell reagiert hast«, sagte Fanny.

»Wer ist der Mann?«

»Ein Mörder.«

»Wen hat er denn umgebracht?«

»Seinen Sohn.«

»O Gott.«

»Mach dir keine Sorgen, er lebt schon noch.«

»Wie? Er hat ihn nicht umgebracht?«

»Doch.«

Aus der Ferne war das Martinshorn der Polizei zu hören.

»Ich muss wieder weg«, sagte Fanny. Sie rannte zu ihrer Mutter, schlang die Arme um sie und ließ sie wieder los. »Du bist ganz dünn, Mama, das ist ungesund, essen ist wichtig, sagt die Ines auch immer.«

Die Polizeisirene kam näher. Der Motor eines Wagens heulte auf und starb ab.

»Du weißt nicht, wo ich bin, wenn die Polizei da ist«, rief Fanny. Sie lief in die Küche und von dort in einen Anbau, der ans Nachbargrundstück grenzte. In dem Schuppen lagen haufenweise Kartons zwischen alten Möbeln, die ihrem Vater gehörten, der nie wieder aufgetaucht war. Sie sperrte die Tür auf und öffnete sie vorsichtig. Die Tür gab ein leises Quietschen von sich, aber Fanny hörte laute Stimmen vor dem Haus ihrer Mutter, so dass sie keine Angst hatte, erwischt zu werden.

Sie rannte los.

Alle paar Meter schlitterte sie auf ihren Socken über den gefrorenen Schnee. Die Kälte spürte sie nicht mehr. Von der Mönchbergstraße bog sie links ab in Richtung Bajuwarenstraße. An der Einmündung war ein Wartehäuschen für den Linienbus, das kannte sie. Als sie es von weitem sah, verlor sie die Balance, ruderte mit den Ar-

men, rutschte aus und landete mit dem Gesicht voraus auf dem Boden. Sie schrie und weinte, Blut tropfte aus ihrer Nase, und ihr Gesicht schmerzte wie nach einem Faustschlag.
Auf allen vieren kroch sie an den Straßenrand, rollte im Schnee auf die Seite und zog die Beine eng an den schlotternden, vom Weinkrampf geschüttelten Körper.
Der Schnee schmeckte nach Metall. Wieder hörte sie weit in der Nacht eine Sirene. Der Polizei würde Adis Vater nicht entwischen, das war ihr großer Trost. Wenn sie erfror und starb und ihre Leiche erst im Frühjahr nach der Schneeschmelze gefunden wurde, wäre das nicht schlimm. Denn sie hatte Adi nicht verraten und seinen Vater ausgetrickst, obwohl er ihr so viel Angst eingejagt hatte wie noch nie jemand zuvor.
Sie hatte ihr Versprechen gehalten, auch wenn sie auf der Autofahrt vor lauter Lügen fast gestorben wäre. So sehr hatte sie sich selbst einreden müssen, sie wären auf dem Weg zu Adi in Trudering, dass sie zwischendurch selbst daran geglaubt hatte. Und vor dem Haus dachte sie allen Ernstes, gleich würde nicht ihre Mutter die Tür öffnen, sondern Gregor, und sie müsste ihm sagen, dass Adi sofort zu seinem Vater kommen müsse, sonst schlüge dieser alle Menschen tot.
Das hatte sie vielleicht nur zehn Sekunden gedacht, fiel ihr jetzt wieder ein, aber sie war sich vollkommen sicher gewesen, dass es so war.
Mit dem Gesicht im Schnee lächelte sie. Dann drückte sie den Anorakärmel auf ihre blutende Nase. Wasser lief

ihr vom Nacken den Rücken hinunter, ihr Gesicht brannte, als wäre es aus Flammen. Ich hab ein Feuergesicht, dachte sie und grub in der Tasche nach dem Handy. Ihre Finger waren fast unbeweglich.

Nachdem sie das Gerät mühsam herausgezogen hatte, hielt sie es mit beiden Händen fest und tippte mit dem Daumen eine Nummer. Sie tippte daneben und fing von vorne an, mehrere Male. Dann hörte sie den vertrauten Ton. Sie wollte aufstehen, aber sie rutschte immer wieder weg.

»Ja?«, sagte eine Stimme am anderen Ende.

Sie hielt das Handy direkt vor ihren Mund. »Hier ist Fanny.«

»Hier ist Tabor Süden, ich habe gehört, was passiert ist. Wo bist du?«

»Im Schnee.«

»Wo im Schnee, Fanny?«

»In Trudering. Mir ist so kalt.«

»Ich komme zu dir und bring dir warme Sachen mit. Kannst du bleiben, wo du gerade bist?«

Sie nickte.

»Fanny?«

Sie nickte immer noch.

15

Sie saß auf der Rückbank des geheizten Autos und kaute an einem Schokoladenkeks. Neben ihr hielt Süden eine Tüte mit zwei Äpfeln und zwei Bananen im Schoß.

Nils Steinfeger hatte beide Hände ans Lenkrad gelegt und sprach, wie die beiden anderen, minutenlang kein Wort.

Aus der Schachtel, die zwischen Süden und Fanny lag, gab er dem Mädchen einen weiteren Keks. Sie nahm ihn und roch daran.

Nach einem Schweigen sagte Süden: »Ist dir zu warm?«

Sie schüttelte den Kopf, auf dem sie eine rote Pudelmütze trug. Aus Steinfegers Wohnung hatten ihr die Männer außer der Mütze einen gefütterten blauen Anorak mitgebracht, einen gelben Schal, braune Fellstiefel, die ihr drei Nummern zu groß waren, und braune Handschuhe, die ihr zwei Nummern zu groß waren. Richters Daunenanorak verwahrte Süden im Kofferraum.

Seit zehn Minuten saß Fanny eingemümmelt neben Süden und schniefte leise. Die Füße hatte er ihr mit einem Handtuch trocken gerubbelt, und sie wollte, dass er nie wieder damit aufhörte.

Im Zeno-Haus hatte er Bescheid gesagt, dass Fanny wieder aufgetaucht war, und gleichzeitig darum gebeten, noch eine Zeitlang mit ihr allein bleiben zu dürfen. Mehr denn je war er überzeugt, nur über sie an den Jungen heranzukommen. Ines Hermann sollte die Polizei informieren, damit die offizielle Suche nach dem Mädchen eingestellt werden konnte.

Von Adrians Verschwinden hatten die Fahnder nach Fannys Entführung zwangsläufig erfahren, früher oder später würden sie Edith Liebergesell aus dem Schlaf klingeln und sie fragen, welche Erkenntnisse ihre Detektei bisher gewonnen habe. Dann müsste auch Süden seinen ehemaligen Kollegen Rede und Antwort stehen. Diesen Moment wollte er so lange wie möglich hinauszögern.

Er hielt Fanny eine Mineralwasserflasche hin. Das Mädchen schüttelte den Kopf. »Danke, dass du mich angerufen hast«, sagte er.

»Das haben Sie schon mal gesagt.«

»Du kannst du zu mir sagen.«

»Hallo, du.«

Süden lächelte. Nils warf ihm im Rückspiegel einen Blick zu.

Fast zwei Stunden war Süden bei Steinfeger gewesen, als Fanny anrief, und er hatte ungewöhnlich hartnäckig schweigen müssen, bis der Lagerarbeiter Geduld und Nerven verlor. Zuerst schrie er Süden an, dass es niemanden etwas anginge, wie lange er schon ein Verhältnis mit Hannah habe, und noch weniger, dass Hannah beabsichtige, sich scheiden zu lassen. Dann beruhigte sich Steinfeger ein wenig. In den vergangenen Wochen habe er sich in der Arbeit kaum noch konzentrieren können, weil Hannah alle halbe Stunde zu ihm gekommen sei und ihn gebeten habe, »mit Ludwig was zu unternehmen«.

Auf mehrmaliges Nachfragen, was Steinfeger hätte unternehmen sollen, meinte er: »Den einfach mal vorübergehend unschädlich machen.« Hannah wäre es am liebsten gewesen, wenn ein Unbekannter ihren Mann krankenhausreif geprügelt hätte, »und zwar gescheit«. Natürlich habe er, Steinfeger, davon nichts wissen wollen, aber Hannah habe sich in die Vorstellung »massiv reingesteigert«.
Schließlich habe sie nach langer Zeit wieder Kontakt mit ihrer alten Freundin Evelin aufgenommen, und diese habe ihr angeboten, ein paar Tage in ihre Pension zu ziehen. Nach Meinung von Nils Steinfeger sei Hannahs Ehemann ein »verkappter Killer«.
Süden dachte an die Aussage des ehemaligen Polizisten Berghof, der Richter eine »tickende Zeitbombe« genannt hatte. Dass Fanny diesen Mann trotz aller Drohungen und Misshandlungen überrumpelt hatte, bewunderte Süden unbändig.
Obwohl sie den Parkplatz an der Wasserburger Landstraße, wohin sie von der Mönchbergstraße aus gefahren waren, endlich verlassen sollten, ehe eine Polizeistreife auf den Volvo mit den verbeulten Nummernschildern aufmerksam wurde, bestand Süden auf seiner Frage, die er dem Mädchen schon fünfmal gestellt hatte.
»Wo ist dein Freund Adrian?«
Sie hielt den Keks zwischen Daumen und Zeigefinger wie eine Hostie, reglos und mit gesenktem Kopf. Und dann tat sie etwas, das Steinfeger veranlasste, die Hände vom Lenkrad zu nehmen und den Kopf nach hinten zu drehen.

Fanny küsste den Keks, wie ein Priester die Oblate, und legte ihn auf ihre linke offene Hand, auf den braunen Handschuh. Sie hob den Arm und sah Süden erwartungsvoll an. Nach einem Zögern nahm Süden den Keks, brach ein Stück ab und legte ihn zurück auf Fannys Hand. Daraufhin streckte sie den Arm nach vorn.
»Tja«, sagte Steinfeger. Dann nahm auch er den Keks, knipste ein Eck ab und legte den Rest zurück, den Fanny sich sofort in den Mund steckte.
Ein dreistimmiges Knacksen erfüllte das Auto und endete gleichzeitig.
»Wo ist Adrian?«, fragte Süden noch einmal.
Das Mädchen kaute auf den Lippen.
Süden sagte: »Wir fahren los, wie besprochen.«
Steinfeger startete den Wagen. Fanny seufzte. Zwei Minuten später war sie eingeschlafen.

Der Schuss traf den Mann in die Schulter und schleuderte ihn zur Treppe zurück, vor der er schreiend zusammenbrach. Ludwig Richter hatte aus seinem Auto einen schweren Schraubenzieher geholt, mit dem er Nora Wieses Haustür aufstemmen wollte. Als die beiden Polizisten auf ihn zukamen, bedrohte er sie und brüllte, er würde sie niederstechen. Der Jüngere der beiden zog seine Pistole und forderte Richter auf, den Schraubenzieher fallen zu lassen. Stattdessen sprang Richter von der obersten Stufe in den Schnee und stürzte auf die Polizisten zu. Der Schuss erwischte ihn mitten in der Bewegung. Er wirbelte herum und blieb liegen. Der Schuss und Rich-

ters Schreien sprengten die Stille in der Gegend. Innerhalb von Minuten gingen hinter unzähligen Fenstern die Lichter an.
Mit einer Zigarette in der Hand beobachtete Nora Wiese hinter der Gardine das Geschehen vor ihrem Haus. Die Tür öffnete sie erst, als zwei weitere Streifenwagen, ein Zivilfahrzeug und zwei Notarztwagen vorfuhren.
Auf die Frage eines Polizisten, wo ihre Tochter sei, erwiderte sie: »Im Keller.«
Später erinnerte sie sich nicht mehr an diese Antwort.

16

Die beiden bildeten ein kurioses Paar auf der Couch. Die Frau im Rollkragenpullover, dessen Farbe im Licht der Deckenlampe nicht weniger grau wirkte als ihr Gesicht, und das Mädchen im blauen Anorak und mit der roten Pudelmütze, beide auf der Polsterkante aufrecht nebeneinander, als lauschten sie gespannt einer Anhörung oder wären auf dem Sprung.

Fannys Blick fixierte den am Fenster stehenden Detektiv, während Hannah Richter unentwegt zum Bett blickte, das so unberührt aussah wie am Abend. Steinfeger hatte mit seiner Wildlederjacke breitbeinig auf einem Stuhl neben Süden Platz genommen. Süden hatte seine Daunenjacke anbehalten und nur Mütze und Schal abgenommen.

Der Nachtportier, ein bulliger Afrikaner mit bayerischem Akzent, hatte in Hannahs Zimmer angerufen, und sie war sofort drangegangen. Als sie Steinfeger mit einem Kuss begrüßte, sagte sie, sie würde seit Stunden auf ihn warten.

Fanny, die in dem Moment aufgewacht war, als Steinfeger in der Schwanthalerstraße einparkte, hatte sich zunächst geweigert mitzukommen. Als Süden ihr erklärte, er würde jetzt Adrian besuchen, gab sie verblüfft nach. Beim Betreten des Zimmers boxte sie ihm wütend in die Seite und setzte sich anschließend wortlos auf die Couch. Seitdem wartete sie auf eine Erklärung von ihm.

Auch Hannah Richter hätte gern den Grund für den

nächtlichen Überfall erfahren. Nils Steinfeger dachte schon seit Mitternacht darüber nach, wie er den morgigen Tag im Baumarkt überstehen sollte. Wenn er dem Detektiv den Kopf zuwandte und ihn fragend ansah, bekam er nichts als ein unmerkliches Nicken und einen strengen Blick, der nicht ihm, sondern dem Mädchen galt.

Vom ersten Moment in seiner Wohnung hatte Steinfeger den Detektiv als seltsamen Gesellen empfunden, dessen zielstrebige Sturheit ihn andererseits auch beeindruckte. Jedenfalls hätte er nicht damit gerechnet, heute noch seine Geliebte zu treffen, vor allem nicht unter solchen Umständen.

»Frage, Süden«, sagte Steinfeger. »Würde es Ihnen was ausmachen, angesichts der fortgeschrittenen Stunde uns allen auf die Sprünge zu helfen? Was genau wollen wir hier? Müssten wir nicht zur Polizei gehen, damit das Mädchen seine Aussage machen kann? Immerhin hat der Typ sie gekidnappt.«

»Welcher Typ?«, sagte Hannah.

»Dein Mann«, sagte Steinfeger.

Hannah zuckte zusammen, und Fanny erschrak über die Bewegung.

»Hat er Sie vorher angerufen?« Aus Südens Mund klang die Frage vollkommen angemessen und gewöhnlich.

»Wie vorher?« Hannah sah die beiden Männer abwechselnd an, aber Süden war sich nicht sicher, ob sie sie tatsächlich wahrnahm. »Mich angerufen? Wegen der Entführung?«

Auch Steinfeger brachte die Frage ins Grübeln. Er sagte: »Was genau meinen Sie damit? Angerufen?«

»Ich meine damit, ob er sich gemeldet hat. Ob er Kontakt aufgenommen hat, Frau Richter.«

»Ja, aber doch ...«

»Er hat Sie angerufen«, sagte Süden.

»Schon, ja. Aber ich wusste doch nicht, dass er ein Mädchen entführen will. Wie hätt ich das denn ahnen sollen?«

»Überhaupt nicht.«

»Er hat mich beschimpft. Er sagte, er kommt her, und dann fällt Weihnachten für mich aus. Hab ich zu ihm gesagt, wenn er herkommt, lass ich ihn von der Polizei einsperren. Er hat gesagt, ich würd noch ein Wunder erleben. Dann hat er aufgelegt.«

Süden sagte: »Welches Wunder er meinte, wissen Sie nicht.«

»Natürlich nicht.«

»Jetzt hat er sein Wunder erlebt«, sagte Steinfeger.

»Was für ein Wunder denn?« Hannah streifte das Mädchen mit einem unsicheren Blick.

»Fanny ist ihm entwischt, er wollte sie umbringen. Erzähl's ihr, Fanny. Dein Mann wollte sie in der Isar ertränken, kannst du dir so was vorstellen? Dein Mann, der Ludwig. Kidnappt ein kleines Mädchen, weil er seinen Sohn wiederhaben will. Aber wo der ist, das weiß immer noch niemand.«

»Doch«, sagte Süden.

Die drei sahen ihn an, das Mädchen mit lauerndem Blick.

»Jemand weiß, wo Adrian ist, und dieser Jemand ist hier im Zimmer.«
»Ich weiß gar nichts«, sagte Fanny sofort und stutzte. Süden hatte das rosafarbene Handy aus seiner Jackentasche genommen und tippte eine Nummer. »Was machen Sie da? Ich will mein Handy wiederhaben.«
Süden sagte: »Du darfst mich doch duzen.«
»Will ich aber nicht.«
Süden hörte, wie die Mailbox ansprang, und begann, eine SMS zu schreiben. Währenddessen tauschten Hannah Richter und Nils Steinfeger vertraute Blicke, sie brannten darauf, miteinander zu sprechen, aber sie trauten sich nicht.
Süden schickte die Nachricht ab. Die Antwort kam eine Minute später.
Ich bin bei deiner Mutter, hatte er geschrieben. *Geht's Dir gut, Adrian? Liebe Grüße: Süden.*
get schon gut. mir is kalt. was war mit papa?
Süden hielt das Handy schräg, damit Steinfeger, der auf ihn herunterschaute, die Schrift nicht entziffern konnte.
Dein Papa hat Fanny entführt und geschlagen, sie ist ihm entwischt, sie ist sehr tapfer und schlau, sie ist auch bei Deiner Mama. Wir kommen jetzt zu Dir.
nein.
Damit hatte Süden nicht gerechnet. Er hatte gehofft, der Junge würde zögern, eine Ausflucht suchen, Ausreden erfinden, auf jeden Fall etwas schreiben, das den Kontakt aufrechterhielt. In Südens Augen stellte ein Nein eine verwirrende Reaktion dar. Warum schrieb Adrian

nicht: Ihr wisst ja gar nicht, wo ich bin! Oder: Ihr findet mich ja doch nicht. Oder: Ich muss erst noch Sachen machen.
Unter den drängenden Blicken seiner Zuschauer tippte Süden: *Deine Mama* ... In diesem Augenblick klingelte das Handy. Fanny zuckte zusammen, wie vorhin Hannah, und klemmte gespannt die Fäuste zwischen die Knie.
»Ja«, sagte Süden ins Telefon.
»Ines Hermann. Wo sind Sie?«
Einen Moment lang überlegte Süden, ob er der Leiterin des Zeno-Hauses die Wahrheit sagen sollte. Sie wartete seit einer Stunde auf einen Anruf von ihm und auf irgendeine Art von Erfolg bei der bezahlten Suche nach dem Ausreißer. Tatsächlich hatte er vorübergehend vergessen gehabt, sich zu melden.
»Im Hotel Daheim, bei Adrians Mutter.«
Wären Fanny und Steinfeger nicht dabei gewesen, hätte er vielleicht etwas anderes erzählt.
»Sein Vater liegt im Krankenhaus«, sagte Ines Hermann. »Er wurde von der Polizei angeschossen, als er versucht hat, in das Haus von Fannys Mutter einzudringen. Wie geht es Fanny?«
»Gut. Wir sind kurz davor, Adrian zu finden.« Absichtlich vermied er den Blickkontakt mit Fanny, die vor lauter Zuhören beinah das Luftholen vergaß.
»Was meinen Sie mit ›kurz davor‹? Wissen Sie, wo er ist, oder nicht? Wir haben fünf Polizisten im Haus, und alle wollen mit Ihnen sprechen, und zwar dringend. Die Kin-

der sind auch wach. Fannys Mutter rief schon zweimal an. Ich wär Ihnen sehr dankbar, wenn Sie endlich was Konkretes zu bieten hätten, das ich der Polizei sagen kann. Im schlimmsten Fall stehen morgen früh Reporter vor der Tür, dann krieg ich die größten Probleme mit meinen Vorgesetzten vom Jugendamt. Das alles würde ich gern vermeiden, Herr Süden.«
»Das verstehe ich.« Süden nahm das Handy vom Ohr und wandte sich an Fanny. »Wir machen uns jetzt auf den Weg, einverstanden?«
Das Mädchen wusste keine Antwort. In ihrem Kopf schossen die Gedanken sich gegenseitig ab, inzwischen hatte sie fast so viel Angst wie im Auto von Adrians Vater. Auf welchen Weg?, dachte sie. Und woher wusste der Detektiv, dass sie wusste, wo Adrian war? Und was war überhaupt los mit Adrian? Hat er überhaupt was zu essen bekommen, der Arme?
»In einer Stunde sind wir zurück«, sagte Süden ins Handy.
»Mit Adrian?«, fragte Ines Hermann.
»Vermutlich.«
»Das reicht mir nicht. Ich werde der Polizei sagen, sie soll zu Ihnen ins Hotel kommen, sie wissen sowieso über alles Bescheid, über Adrian, über Sie, wir dürfen die Dinge nicht länger verschweigen, die Situation wird immer bedrohlicher für uns, das müssen Sie einsehen.«
»Ich sehe das ein. Geben Sie mir noch eine Stunde Zeit. Sagen Sie der Polizei nicht, wo ich bin.«
»Kann ich kurz mit Fanny sprechen?«
Süden ging zur Couch und gab dem Mädchen das Handy.

»Hallo?«, sagte Fanny mit leiser Stimme.
»Hier ist die Ines, wie geht es dir? Bist du verletzt?«
»Nein, hat der Süden doch schon gesagt. Ich bin nur müde, ist nicht schlimm.«
»Du musst zurückkommen. Sag dem Herrn Süden, er soll dich sofort herbringen. Machst du das, Fanny?«
»Ja.« Sie gab Süden das Handy zurück.
»Wir kommen«, sagte er noch zu Ines Hermann.
Er beendete das Gespräch, machte einen Schritt auf die Tür zu, drehte sich zu den drei anderen um und setzte wortlos die unterbrochene SMS fort. *Deine Mama macht sich große Sorgen, sie möchte, dass du zu ihr kommst, sie würde Dich gern umarmen.*
Dreißig Sekunden später: *glaup ich nich.*
Süden schrieb: *Ich lüge Dich nicht an.* Er wusste nicht, ob er log, er sagte: »Würden Sie Ihren Sohn gern umarmen, Frau Richter?«
Ihre Augen waren ein einziges Erstaunen in Blau. »Wie soll ich denn meinen Sohn umarmen? Der ist nicht hier. Sind Sie betrunken?«
»Würden Sie ihn gern umarmen, wenn er hier wäre?«

Auf der Straße hupte ein Auto, zwei laute Männerstimmen hallten zwischen den Häusern. Dann drang, wie vorher, das schneegedämpfte Rauschen des Verkehrs durchs Fenster. Im Hotel war ab und zu eine Toilettenspülung zu hören, sonst kein Laut – bis auf das leise Schaben von Hannahs Fingernägeln über das Polster, auf dem sie saß. Süden wartete auf ihre Antwort.

Inzwischen hatte Adrian wieder geschrieben.
du lügst, meine mama umamt mich nie, mein papa auch nich, nimand umamt mich.
Ich werde Dich umarmen, schrieb Süden.
»Ich find, Sie sollten jetzt gehen und mich schlafen lassen, ich hab die ganze Nacht kein Auge zugemacht. Morgen hab ich einen harten Arbeitstag, stimmt's, Nils?«
Eine Antwort fiel Steinfeger nicht ein, dafür sagte Süden: »Wiederholen Sie diese Bemerkung, Frau Richter, jedes einzelne Wort.«
»Was soll ich?«
»Wiederholen Sie Ihren Wunsch.«
»Wollen Sie mich verarschen?«
»Ich kann das nicht«, sagte Süden. »Ich würde es tun, wenn ich es könnte. Ich würde Sie verarschen, Frau Richter, aber nicht, weil ich mich lustig machen möchte, sondern weil ich nicht weiß, wohin mit meinem Abscheu.«
Sie setzte an, etwas zu sagen, vielleicht zuckte auch nur ihr Mund. Süden ignorierte ihre Reaktion.
»Sie bringen mich dazu zu reden, das gefällt mir nicht. Aber es ist spät, und Fanny und ich wollen noch Ihren Sohn besuchen und mit ihm zusammen sein, also hören Sie mir zu. Sie sind von zu Hause ausgezogen, Sie behaupten, Sie müssen sich vor Ihrem gewalttätigen Mann schützen, das mag sein. Vor allem wollen Sie Ihre Ruhe haben, Ihr Mann ist Ihnen so lästig wie Ihr Sohn und Ihr Leben. Das geht mich nichts an. Ich werde dafür bezahlt, Adrian wiederzufinden, und in meinem Honorar ist Kompost mit inbegriffen.

Sie können also einfach weiterreden, werfen Sie Ihren Müll ganz entspannt, wie Ihr Mann sagen würde, aus sich raus, ich schichte ihn zusammen und entsorge ihn. Und zerbrechen Sie sich nicht länger den Kopf wegen Ihres Sohnes, Ihr Sohn existiert für Sie nicht mehr. Er wird in einer neuen Familie aufwachsen. Ihr Mann wird vermutlich eine Weile ins Gefängnis kommen, das braucht Sie nicht zu kümmern. Ihr Leben wird sich bald lohnen, Herr Steinfeger wartet auf Sie, Sie können den Heiligen Abend mit ihm verbringen und an Silvester auf das neue Jahr anstoßen. Das Jahr wird groß, niemand wird Sie mehr belästigen, höchstens die Kunden an Ihrer Kasse im Baumarkt, denen entkommen Sie nicht, außer Sie kündigen den Job.

Gerade hat Ihr Sohn wieder eine SMS geschickt: ›dan kom‹. Ein paar Buchstaben hat er ausgelassen, wie es seine Art ist. ›Dann komm‹. Er meint nicht Sie, keine Sorge. In fünf Minuten haben Sie Ihr Zimmer für sich allein, Frau Richter. Vorher gehen Fanny und ich kurz vor die Tür, weil sie mir ein Geheimnis anvertrauen möchte, das sonst niemand hören darf.«

Er legte die linke Hand auf die Klinke und wandte sich noch einmal an die Frau. »Heuer an Weihnachten bekommen Sie die Freiheit geschenkt. Ist das nicht wundervoll?«

Er öffnete die Tür zum dunklen Flur. »Komm, Fanny, du bist an der Reihe.«

Das Mädchen hatte die ganze Zeit wie paralysiert dagesessen.

Und als hätte Süden ein lang verabredetes Stichwort genannt, sprang sie jetzt auf und stapfte mit den zu großen Fellstiefeln durchs Zimmer.
Über Hannahs Gesicht liefen Tränen, die Süden für nichts als Hassschweiß hielt.

17

Im Flur hing der Geruch nach Seife und nassen Teppichen. Vor der Treppe brannte ein weißes Licht, das schäbige Schatten warf. Süden und das Mädchen standen nebeneinander an die Wand gelehnt, ein paar Meter von der Tür zu Hannahs Zimmer entfernt. Gedämpfte Stimmen und Musik aus einem Fernseher im Erdgeschoss. An der Wand hingen gerahmte Bilder von Münchner Stadtansichten in Schwarzweiß.

Nach einem langen Schweigen sagte Fanny: »Wird Adis Vater sterben?«

»Nein.«

»Okay.«

»Wir wollen so leise wie möglich sprechen, Fanny, so, dass wir uns gerade noch verstehen.«

»Wieso denn?«

»Wegen deinem Geheimnis.«

Das Mädchen warf Süden einen Blick zu und faltete dann ihre Hände vor dem Bauch, wie er. Sie trug die rote Pudelmütze und den gelben Schal und die braunen großen Handschuhe und machte wieder einen munteren Eindruck. »Was hat der Adi dir geschrieben?«

»Ich soll zu ihm kommen.«

»Glaub ich nicht.«

Süden zeigte ihr die Nachricht, auch jene, die sie sich vorher geschrieben hatten. »Er mag nicht mehr allein sein.«

Ohne eine Reaktion zu zeigen, kippte Fanny langsam nach links, bis ihr Arm und ihre Schulter die schwarze

Daunenjacke des Detektivs berührten. Und so blieb sie, bis sie sich wieder auf den Weg zurück ins Zimmer machten.
Nach der eisigen Nähe, die Süden in den vergangenen Stunden mit einigen Nachtgestalten hatte teilen müssen, löste der sanfte Druck des schmächtigen Körpers eine unverhoffte Freude in ihm aus. »Du darfst mir dein Geheimnis natürlich nicht laut sagen«, flüsterte er.
»Was soll ich dann tun?« Ihre Stimme war wie ein Fiepen.
»Ich weiß noch nicht.«
Sie schwiegen.
Hinter der Tür schräg gegenüber glaubte Süden ein Scharren zu hören, als schleiche jemand auf Zehenspitzen, um zu horchen. Wenn er sich täuschte, was das Mädchen betraf, würde er sein Honorar aus eigener Tasche bezahlen, dachte er.
Wenn er sich täuschte, würde er den Rest des Winters in seinem Zimmer verbringen und nur noch nachts nach draußen gehen, um wieder sehen und hören zu lernen.
Wenn er sich täuschte, würde er sich noch einmal vor Hannah Richter hinstellen und noch ein paar Dinge zu ihr sagen, für die sie ihn anzeigen könnte, wegen Beleidigung oder versuchter Körperverletzung.
»Du könntest mir jeden einzelnen Buchstaben ins Ohr sagen.« Er sah das Mädchen nicht an. »Ich beuge mich zu dir herunter, und du fängst an.«
Nach einer Zeitlang sagte Fanny: »Ich verrat den Adi aber nicht.«

»Dann sagst du kein Wort. Dann zeigst du mir mit den Händen, wo er ist. Du verrätst kein einziges Wort. Und wenn ich nicht draufkomme, bin ich selber schuld. Du brauchst nichts zu erklären. Fang an.«

»Weiß nicht.«

»Soll ich Adrian fragen, ob du das darfst?«

Fanny nickte. Süden hob die rechte Hand, in der er noch immer das Gerät festhielt, und schrieb: *Darf Fanny mir Dein Versteck mit den Händen zeigen? Sie hat mir nichts verraten.*

Und Adrian schrieb: *aber nur dir.*

Süden antwortete: *Danke.*

Nachdem er dem Mädchen die Nachrichten gezeigt hatte, steckte er das Handy ein.

An ihn gelehnt, hob Fanny die Hände. Sie spielte mit den im zu großen Handschuh steckenden Fingern, als zeige sie eine spazieren gehende Figur. Sie senkte die Hand, und die Figur ging nach unten. Dann bildete sie mit beiden Händen einen rechteckigen Kasten nach, danach ein senkrecht stehendes Quadrat.

Süden sah ihr zu, ohne den Kopf zu bewegen. Sie zeigte Gegenstände an, die er nicht identifizieren konnte.

Keiner von beiden sprach ein Wort.

Fanny legte die Hände aneinander wie zum Gebet und hielt sie schräg, als Zeichen von Schlaf wahrscheinlich. Süden hob den Daumen, als hätte er jede Andeutung begriffen. Sie baute in der Luft eine Art Haus und spazierte wieder mit Zeige- und Mittelfinger eine Schräge hinunter.

Süden riskierte eine Abweichung vom Spiel: Mit dem rechten Zeigefinger schrieb er die Buchstaben W und O – obwohl er den Arm bewegte, blieb das Mädchen an ihn gelehnt – und faltete die Hände wieder. Fanny tat dasselbe und rührte sich nicht mehr, bis sie langsam den Arm hob.

Sie hielt inne, streckte den Zeigefinger aus, zögerte und formte schließlich einen Buchstaben, den Süden auf Anhieb erkannte. Zur Sicherheit malte er denselben Buchstaben in die Luft.

Sie sahen sich an.

Er nickte, Fanny lehnte den Kopf an seinen Arm.

Jetzt schien er sicher zu wissen, wo er den Jungen finden würde.

Stimmte das? Und wenn er Adrian dort fand, wo Fannys Fingergeschichte endete, hätte er ihn dann nicht längst finden müssen? Was hatte er übersehen? Warum hatte er es übersehen?

Beinah hätte er das Mädchen aufgefordert, ihr Luftschauspiel noch einmal aufzuführen. Eigentlich wollte er ihr sagen, dass er ihr nicht glaube, dass sie ihn anlüge, wie schon die ganze Zeit, dass sie ihr Spiel einfach fortführte, so lange, bis Adrian ihr das Zeichen zum Aufhören gab.

War das denkbar? Er dachte es und wusste gleichzeitig nicht, was er denken sollte. Wieder sah er den Buchstaben, den Fanny vor seinen Augen in die Luft gezeichnet hatte. Er sah den Finger im Handschuh, der ihrer Hand eine unwirkliche Form verlieh, und den Schwung, den er vollführte. Er wollte nicht an die Bedeutung des Buchstabens glauben. Er wollte, dass Fanny ihn zu irgendeiner Person in irgendeiner Wohnung brachte und dass dort ein verschreckter zehnjähriger Junge auf einem Stuhl saß und erleichtert aufsprang, weil er nun nach Hause durfte.

Süden wollte, dass ihm die beiden Kinder auf dem Heimweg im Taxi die Wahrheit über ihr abgekartetes Spiel erklärten und auch, aus welchem Grund sie ausgerechnet diese bestimmte Person ausgewählt hatten, bei der Adrian sich versteckt hielt.

Süden wollte am nächsten Morgen in der Detektei Liebergesell seinen Abschlussbericht schreiben und sein Honorar überwiesen bekommen, und er wollte, dass im Zeno-Haus das Leben weiterging.

Im Zeno-Haus ging das Leben bereits weiter. Über diesen Teil seiner Vorstellung brauchte er sich nicht den Kopf zu zerbrechen. Einen Abschlussbericht würde er auch schreiben und sein Honorar ihm nicht vorenthalten werden, ganz gleich, ob Adrians Mutter ihn wegen Beleidigung anzeigte. Diese Dinge würden alle geklärt werden.

Die Dinge lagen klar vor ihm. Eine Handvoll Schritte noch, und der Fall wäre abgeschlossen.

Der Fall war abgeschlossen. Er musste sich nur vom Fleck bewegen. Etwas hielt ihn zurück. Etwas wie Furcht vor der Begegnung mit dem schlauen, verzweifelten, vor Alleinsein unsichtbar gewordenen Jungen.

»Du hast Adrian nicht verraten«, sagte er zu Fanny. »Warum hat er das getan? Warum wollte er verschwinden?«

Zwei Minuten vergingen. Dann griff Fanny nach Südens Hand und hielt sie fest. »Damit jemand nach ihm sucht, glaub ich«, sagte sie.

Süden sagte: »Damit wir ihn wiederfinden.«

Fanny nickte mit ihrer roten Pudelmütze.

»Damit wir ihn nicht vergessen.«

Die rote Mütze wackelte.

»Damit er nicht verlorengeht«, sagte Süden.

Sie schwiegen.

»Es tut mir leid, was ich in deiner Gegenwart zu Adrians Mutter gesagt habe.«

»Meine Mama hat schon viel schlimmere Sachen zu mir gesagt.«

Fannys Hand war kalt. Süden umfasste sie mit beiden Händen. So standen sie da, als nebenan die Tür aufging und Nils Steinfeger den Kopf in den Flur streckte.

18 Süden saß auf einer der grauen Wolldecken, die er von der Truhe genommen und auf dem Boden ausgebreitet hatte, zwischen zwei Umzugskartons, an die Wand gelehnt, und ließ den Jungen nicht los.
Der Zehnjährige hockte vor ihm. Süden hatte die Arme um ihn geschlungen, niemand störte sie. Sie saßen nur da, seit vielleicht zehn Minuten. Es war kalt, aber die Kälte machte ihnen nichts aus.
Adrian trug einen roten Anorak, eine blaue Mütze, gefütterte Stiefel und um den Hals einen grauen Schal, den der Mann ihm geliehen hatte, von dem er bisher nur den Namen kannte.
Seine Begleiter hatte Süden – er hatte noch seine Daunenjacke an und die graue Mütze auf – gebeten, draußen zu warten, während er die Tür hinter sich schloss. Fast vierundzwanzig Stunden war der Junge verschwunden gewesen und hatte sich doch nicht von der Stelle bewegt.
Als Süden die Schranktür aufzog und den Jungen darin sitzen sah, sagte er: »Servus, Adrian.« Und er nannte seinen Namen. Dann streckte er die Hand aus. Adrian nahm sie nicht, auf allen vieren krabbelte er aus dem Schrank und wartete, bis Süden die Decke auf den Boden gelegt hatte.

Leise Frauenstimmen drangen durch die Tür, im Hintergrund das Gemurmel ungeduldiger Polizisten, die in Telefone und Funkgeräte sprachen.

Süden überlegte, ob er sich als Kommissar ebenfalls hätte übertölpeln lassen. Vermutlich hätte er drängendere Fragen gestellt, genauer hingesehen. Wirklich? Von Anfang an war ihm klar, dass Adrian eine Komplizin hatte, Fanny, und dass sie ihn, Süden, an der Nase herumführte, wichtige Informationen für sich behielt, mit ihrer Wichtigkeit spielte. Diese Erkenntnis hatte ihm genügt, und er hatte sich treiben lassen.

Solange der Junge Nachrichten auf dem Handy schickte, bestand keine Lebensgefahr, dachte er. Und er hatte recht. Solange der Junge sich regelmäßig meldete und gesprächsbereit war, würde er ihn irgendwann aufspüren, auch ohne Auswertung von Handydaten.

Und er hatte recht. Solange sie in Kontakt blieben, wurde der Kontakt enger.

Und er hatte recht. Hier saß er und hatte den Jungen gefunden, in einem alten Bauernschrank der Familie Hemmerle.

Hier sind wir, dachte Süden. Und wenn er an das Zimmer im Hotel Daheim dachte und dessen Bewohnerin und an die Kneipe »Carlos« und dessen Gast am Tresen, kam Süden der Keller wie eine Oase vor, abseits der von innerlich skelettierten Menschen bewohnten Wüsteneien, durch die er in dieser Nacht gezogen war.

Und dennoch hatte er einen Fehler begangen.

»Ich hätte dich viel eher finden müssen«, sagte er endlich. »Schon gestern früh, ich habe mich täuschen lassen.«

Adrian reagierte nicht sofort. »Ich hab den Gregor angesimst, er hat sich nicht gemeldet, nie hat der sich gemeldet. Und angerufen hab ich ihn sogar auch, auf dem richtigen Telefon. Er war nicht da.«

»Er ist da«, sagte Süden. »Er ist sehr krank, sein Handy funktioniert nicht mehr. Er denkt immer an dich.«

»Ich denk auch immer an ihn.«

»Ach, Adrian.«

Was sollte Süden ihn fragen? Warum hast du dich im Schrank versteckt? Warum hast du so getan, als würdest du weglaufen? Warum hast du Fanny Botschaften geschickt, als wärst du in der Stadt unterwegs und hättest ein Ziel? Wen wolltest du täuschen? Was wolltest du erreichen? Wie bist du auf die Idee gekommen, dich von Fanny im Lagerraum einsperren zu lassen? Wie hast du es einen ganzen Tag und eine ganze Nacht in einem Schrank ausgehalten? Musstest du nicht auf die Toilette? Hattest du keine Angst? Was war passiert, dass du diese Entscheidung getroffen hast?

Die Polizei würde Adrian solche Fragen stellen, auch Ines Hermann und ihre Kolleginnen.

»Ich möchte dich etwas fragen«, sagte Süden. »Du brauchst nur zu antworten, wenn du magst.« Der Junge rührte sich nicht. »Wenn du zu deinen Eltern zurückkehren könntest, was würdest du ihnen sagen? Was würdest du dir von ihnen wünschen?«

Der Junge überlegte nicht lange. »Dass sie wieder zusammen sind und wir alle. Aber das wissen die schon, dass ich das will, und das interessiert die nicht, was ich will. Ich will was, und sie sagen, das geht jetzt nicht. Später auch nicht. Nie geht das. Ich will, dass der Nils nicht mehr kommt und mit mir redet. Ich will, dass mein Papa wiederkommt und nicht erst in der Nacht, wenn ich schon fast schlaf. Dann schreit er mich an und die Mama auch, und die Mama weint dann. Die Mama soll nicht mehr weinen. Auf mich hört niemand. Das ist so. Ich bin bloß ein Kind, was ich sag, ist nichts wert. Ich wollt, dass der Gregor mit meinen Eltern spricht, der ist Polizist, dem müssen sie zuhören, sonst sperrt er sie ein. Ich wollt, dass der Gregor zu meinem Papa ins Geschäft geht und zu ihm sagt: Komm jetzt mit. Und dann nimmt er ihn mit zu uns nach Haus, und da wartet schon meine Mama, und ich bin auch da. Und dann macht der Gregor, dass niemand schreit und weint und wir alle Stachelbeerkuchen essen. Magst du Stachelbeerkuchen?«

»Ja«, sagte Süden. Er hatte noch nie welchen gegessen.

»Ich total gern. So wär das alles, und ich würd wieder gute Noten in der Schule schreiben und mich nie mehr mit meiner Mama streiten und mit meinem Papa. Wir streiten immer, das passiert einfach so, und dann haut mein Papa mich, und meine Mama geht weg. Die wohnt jetzt in einem Hotel, hat mein Papa zu mir am Telefon gesagt, die ist da bestimmt mit dem Nils eingezogen. Der muss weggehen, sonst dreht mein Papa durch, der macht dann was Schlimmes. Wenn der Nils da ist, braucht meine Mama mich nicht mehr, dann bin ich im Weg rum. Die Karla sagt, alles, was wir nicht brauchen, kommt in den Lagerraum rein. Da bin ich richtig. Die Karla hat das richtig gesagt. Alles, was wir nicht brauchen, kommt hier rein.«

Süden erinnerte sich an den Satz der Erzieherin, als sie gestern den Keller inspizierten. Er hatte ihn sofort vergessen gehabt. Karla hatte den Schlüssel aus dem Erdgeschoss geholt und aufgesperrt, überall Kartons und Kisten. Und hinten der Schrank, in dem der Junge kauerte und jedes Wort mithörte. War die Schranktür angelehnt?, dachte Süden. Hätte er nicht ein Atmen wahrnehmen müssen, ein winziges Knarzen, einen Geruch? Er hatte einen Fehler begangen und keine Erklärung dafür.
Adrian sagte: »Auf den Gregor hab ich mich verlassen, der hätt alles machen sollen, was ich nicht kann. Jetzt ist niemand mehr da. Nur die Fanny. Die ist mutig, die hat den Schlüssel genommen und niemand was gesagt, auch dir nicht, auch der Ines nicht. Die Fanny ist meine Freundin.«
Zum ersten Mal drehte er ein wenig den Kopf nach hinten. »Ich geh nicht zu meinen Eltern zurück. Weißt du, warum? Die sind eh nicht da. Meine Mama ist im Hotel mit dem Nils, und mein Papa ist in der Kneipe und trinkt viel Bier. Ich bin eh allein, das macht nichts, das kenn ich schon.«
»Dein Papa ist im Krankenhaus«, sagte Süden. »Er ist verletzt worden, weil er einen Polizisten angegriffen hat. Aber er wird wieder gesund.«
»Hat der Polizist auf ihn geschossen?«
»Ja. Er hat deinen Vater in der Schulter getroffen.«
»Warum hat mein Papa den Polizisten angegriffen?«
»Dein Vater hat die Fanny entführt und wollte ihrer Mutter etwas antun. Die Polizei musste Fannys Mutter schüt-

zen. Du hast nicht mitbekommen, dass dein Vater im Zeno-Haus war.«

»Hab vielleicht grad geschlafen.«

»Ja.«

Sie schwiegen wieder.

Die Stimmen im Treppenhaus wurden drängender. Unter dem roten Anorak des Jungen breitete sich ein Knurren aus.

»Die Polizisten werden dir gleich viele Fragen stellen«, sagte Süden.

»Ist mir gleich, ich sag nichts.«

»Das musst du auch nicht. Du bist unverletzt, du hast dich nicht in der Stadt herumgetrieben, du warst im Schrank, das ist nicht verboten.«

»Und ich hab dir SMSe geschickt«, sagte Adrian.

»Und ich habe dir geantwortet.«

»Ich hab dich sauber ausgetrickst.«

Süden sagte: »So sauber wie du hat mich noch nie jemand ausgetrickst.«

Sie schwiegen lange.

»Bist du mir böse?«, sagte Adrian.

Süden wartete ab.

»Weil ich gesagt hab, du sollst den Nils umbringen.«

»Ich verstehe deinen Zorn. Außerdem halte ich dich für sehr mutig, Adrian.«

»Sag Adi, wie alle anderen.«

»Du bist mutig, Adi, das werde ich auch deinem Freund Gregor sagen. Er muss erfahren, dass es dir gutgeht.«

»Sag ihm, er soll sein Handy reparieren.«

»Ja. Sollen wir nach oben gehen?«

Adrian lehnte sich fester an Süden, falls das noch möglich war.

Der Junge weinte lautlos und hoffte, Süden würde es nicht bemerken.

Süden weinte lautlos und hoffte, Adrian würde es nicht bemerken.

Fast gleichzeitig hörten sie damit auf, schnieften behutsam und taten, als wäre nichts gewesen. Jemand klopfte an die Tür.

»Gleich«, rief Süden. Nach einer Weile sagte er zu Adrian: »Fürchtest du dich vor Weihnachten?«

»Wieso denn? Ich krieg bestimmt was geschenkt, hab mir ein Rennauto aus Holz gewünscht, so eins, wie sie Opa Arnulf in seiner Werkstatt gemacht hat. Vielleicht krieg ich das. Weihnachten ist doch schön.«

»Du verbringst den Heiligen Abend im Zeno-Haus mit Fanny und deinen anderen Freunden.«

»Mit dem Nepomuk, dem Schnarcher, und dem Bastian und der Clarissa. Weiß nicht, wer noch alles da ist.«

»Und der Karla kannst du ihr Handy schenken«, sagte Süden.

»Das stimmt, das mach ich. Da freut sie sich. Schad, dann können wir uns nicht mehr schreiben.«

»Du leihst dir einfach Fannys Handy, wenn du mir schreiben möchtest.«

Adrian nickte. Dann beugte er sich vor und stand mit einem Ruck auf und drehte sich zu Süden um. »Weißt du, was heut für ein Tag ist? Denk mal nach.«

Süden dachte nach. Aber er dachte nicht an den Tag. Er dachte an den Jungen, der vor ihm stand, mit der blauen Mütze auf den roten Haaren und dem roten Anorak und den feuchten großen Augen, die vor Traurigkeit zu glühen schienen.

»Heut ist der neunzehnte November«, sagte Adrian. Und als Süden nichts erwiderte, sagte er noch einmal: »Heut ist endlich der neunzehnte November. Wie ich das geplant hab.« Dann sah er zur Tür.

Süden stemmte sich in die Höhe, sein Rücken und seine Beine schmerzten, und wenn er ehrlich war, hatte er kein Verlangen, diesen Raum zu verlassen und in Gesichter zu schauen, deren Blicke den zehnjährigen Adrian doch nicht erkannten.

Wieder griff der Junge nach Südens Hand, und sie machten zwei Schritte und blieben stehen. »Du kriegst noch deinen Schal zurück«, sagte Adrian.

»Den darfst du behalten.«

»Ehrlich? Dann ist das mein erstes Weihnachtsgeschenk.« Und der nicht unbedingt grazile Junge stellte sich auf die Zehenspitzen, schwankte und drückte Süden einen Kuss auf die Wange. »Du musst dich mal rasieren.«

Später am Tag empfand Süden diese Berührung wie ein Honorar, von dem er vielleicht noch am ersten Januar zehren würde.

19

Die Befragungen der Polizei dauerten zwei Stunden und fanden, auf Vorschlag von Ines Hermann, im Gute-Wünsche-Raum im ersten Stock des Zeno-Hauses statt. Fünf der Erwachsenen – zwei Kommissare von der Vermisstenstelle und neben der Leiterin des Hauses die Erzieherinnen Karla Tegel und Yasmin Ebert – saßen auf Stühlen, während Tabor Süden an der Tür stehen geblieben war. Adrian saß auf der gelben Couch unter dem Fenster, in einem frisch gewaschenen blauen Pullover und Jeans. Um den Hals hatte er Südens grauen Schal geschlungen. Mit seinen ungekämmten roten Haaren und dem müden Gesichtsausdruck sah er aus, als sei er soeben aus dem Schlaf gerissen worden. Neben ihm auf der Couch stand ein Teller mit den von den Kindern selbstgebackenen Keksen. Adrian aß einen nach dem anderen, bis der Teller leer war.

Auf die Fragen der Kommissare antwortete er einsilbig. Zwischendurch warf er einen Blick zur Tür, und Süden hatte den Eindruck, Adrian würde nur wegen ihm noch durchhalten, anstatt endlich zu schlafen und erst wieder aufzuwachen, wenn Weihnachten war.

Schließlich erhoben sich die Kommissare. Einer sagte: »Dann schicken wir einen Vermisstenwiderruf ans LKA, und die Sache ist erledigt. Du hast uns einen Schrecken eingejagt, Adrian.« Der andere sagte: »Mit deiner Freundin Fanny müssen wir noch ein ernstes Wort reden.«

»Die hat nichts gemacht«, sagte Adrian.

»Sie hat uns alle in die Irre geführt«, sagte Ines Hermann. »Sie hat uns belogen und ein übles Spiel getrieben. Darüber werden wir noch sprechen müssen, Adrian. Herr Süden hat die ganze Nacht nach dir gesucht, wir haben uns die größten Sorgen gemacht. Ich finde, du solltest uns endlich erklären, warum du das getan hast. Was du den Kommissaren erzählt hast, fanden wir alle nicht sehr aufschlussreich. Bitte gib uns nur eine einzige klare Antwort. Ich glaube nämlich, du verheimlichst uns immer noch etwas. Unsere Kolleginnen vom Jugendamt werden dich auch befragen, wenn du weiter so verstockt bist. Du kannst uns vertrauen, das weißt du.«

Adrian leckte die Spitze seines Zeigefingers ab und tippte auf die letzten Krümel auf dem Teller und steckte den Finger in den Mund. »Die Fanny hat gar nichts angestellt«, sagte er noch einmal. »Ich hab ihr gesagt, sie soll den Schlüssel holen und absperren. Sie hat nur gemacht, was ich gesagt hab. Ich bin nicht schuld, dass mein Papa die Fanny entführt hat.«

»Das bist du nicht.« Yasmin Ebert hatte bisher noch kein Wort geäußert.

»Genau.« Adrian rieb mit dem Finger über den Teller und wich dem dunklen Blick der Erzieherin aus.

»Was würdest du jetzt am liebsten tun?«

Ihre Vorgesetzte warf Yasmin einen tadelnden Blick zu, für sie kam diese Frage zum falschen Zeitpunkt.

»Sterben«, sagte Adrian.

Und wie vor einigen Stunden im Hotelzimmer von Hannah Richter glaubte Süden, den Schnee fallen zu hören.

Adrian rieb immer noch mit dem Finger über den leeren Teller.
Ines Hermann wollte gerade zu ihm gehen, da hob der Junge den Kopf. »Ich bin doch schuld, dass mein Papa die Fanny entführt hat und dass der Polizist auf ihn geschossen hat und dass er vielleicht stirbt und dass meine Mama in einem Hotel ist und nicht mehr zu Hause. Wenn ich tot bin, bin ich nicht mehr schuld.«
Süden durchquerte das wortlose Sätzesuchen der anderen – die beiden verstummten Kommissare hatten sich nicht wieder hingesetzt –, stellte den Teller von der Couch auf den Boden und nahm neben Adrian Platz. Er legte den Arm um den steif dasitzenden Jungen, ließ Zeit vergehen.
»Du bist nicht schuld«, sagte er und sah ihn dabei an.
Der Junge schaute auf seine Finger, die auf seinen Knien Sachen machten, ineinander, miteinander, aufeinander.
»Dein Vater ist schuld, dass er angeschossen wurde, das habe ich dir schon erklärt. Deine Mutter wohnt einstweilen in einem Hotel, weil sie Angst vor deinem Vater hat, und nicht, weil sie vor dir weggelaufen ist. Du wohnst hier auch in einer Art Hotel, so habt ihr etwas gemeinsam, deine Mama und du. Und dein Papa ist ganz allein für Fannys Entführung verantwortlich, du bestimmt nicht, auch nicht die Ines, Karla oder Yasmin, niemand hat Schuld außer deinem Vater. Vielleicht denkt er im Krankenhaus nach und begreift, was er getan hat. Du hast dich im Keller einsperren lassen, weil du die Vorstellung schön fandst, dass jemand nach dir sucht. Da-

von verstehe ich etwas, ich habe mein halbes Leben lang nach Verschwundenen gesucht, und viele von ihnen sind nur fortgegangen, damit sie endlich wieder von jemandem bemerkt werden. Auf einmal buchstabieren Leute wieder deinen Namen, wissen wieder, wie du eigentlich heißt, denn du wurdest schon ewig nicht mehr mit Namen angesprochen oder warst schon lange nicht mehr gemeint, wenn dein Name fiel, auf der Straße oder in einem Zimmer. Du kamst dir vor, als wärst du unsichtbar, und da dachtest du: Wenn mich eh niemand sieht, kann ich genauso gut ganz abhauen. Und das hast du getan, wie Tausende vor dir. Und jemand kommt zu mir und fordert mich auf, die Verschwundenen zu suchen, so wie dich. Stell dir vor: Plötzlich wurdet ihr alle vermisst, ihr, die Unvermisstesten von allen ...«

Bei diesem Wort lächelte Adrian flüchtig.

»... Er wurde wieder von den anderen bemerkt, und sie stellten fest, dass er ihnen fehlte. Und das war die Wahrheit: Er fehlte in ihrer Runde, sie wollten ihn wiederhaben, wollten seine Stimme wieder hören, in seine Augen schauen und sich von ihm ärgern und ausschimpfen lassen. Sie wollten, dass er wieder auf seinem Stuhl saß, wie immer, mit ihnen gemeinsam, und ein Teil von ihnen war. Und das war genau das, was er auch wollte. Deswegen löste er sich in Luft auf. Damit sie die Hand nach ihm ausstreckten und nach ihm tasteten. Und er entwischte ihnen so lange, bis er überzeugt war, sie wollten ihn wirklich zurück, unbedingt. Dann ließ er sich finden. So wie du, mein Freund. Mach dir keine

Sorgen. Du bist bloß deiner eigenen Stimme gefolgt, und die lügt nicht. Und jetzt gehst du ins Bett, du hast eine Menge Träume aufzuholen.«

Adrians Finger hörten auf, auf seinen Beinen zu turnen. Er kratzte sich am Kopf, und seine Haare gerieten noch mehr durcheinander. Er zog die Stirn in Falten und verharrte wie festgezurrt.

Niemand traute sich etwas zu sagen.

Dann kratzte Adrian sich noch einmal am Kopf und sagte, an Süden gewandt: »Du? Was heißt ›einstweilen‹?«

20

Auf den Holzstock mit dem gelben Griff gestützt, schleppte er sich über die Ampel an der Rosenheimer Straße und weiter durch die Steinstraße bis zur nächsten Kreuzung. Die fast lautlos vorbeirauschende Straßenbahn trieb seinen Pulsschlag noch weiter in die Höhe, er bekam kaum Luft. Jeder Meter, den er zurücklegte, verursachte Schmerzen an jeder Stelle seines unaufhörlich juckenden Körpers. Die Medikamente halfen nicht mehr, nicht einmal das Sorafenib. Seit fünfzig Stunden hatte er kein Auge zugemacht, und als er in die Kellerstraße mit den wie Iglus aussehenden eingeschneiten Autos einbog, wäre er beinah ausgerutscht.

Sechs bis zwölf Monate noch, hatte sein Arzt gesagt. Wie lang war das her? Sechs Monate?

Aus einem Grund, der ihm sinnlos erschien, hatte Gregor Berghof sich auf den Weg zur Familie Gerland in der Metzstraße gemacht. Er trug einen zerschlissenen Lodenmantel und einen nach Moder riechenden Hut. Den Entschluss hatte er in der Nacht gefasst, und als er dann, Stunden später, aus dem Haus trat, fragte er sich, was er damit bezweckte. Entschuldigen wollte er sich nicht, wofür denn, er hatte nichts getan, als sich in höchster Not zu erleichtern, hinter Sträuchern, nach Einbruch der Dunkelheit, abseits des Bürgersteigs und der Straße. Das hatte er den Leuten alles schon erklärt, mehrfach. Es gab keinen Grund für eine Entschuldigung, auch wenn sein Vorgesetzter anderer Meinung gewesen war.

Trotzdem hatte der Wunsch ihn heute überwältigt und aus dem Haus getrieben, gebeugt wie ein Greis, bleich wie ein Toter. Er wollte zu Gerland sagen: Es war nicht meine Absicht, Ihre Tochter zu erschrecken, ich bin gekommen, um Ihnen das persönlich zu sagen. Es war nicht meine Absicht.

Hausnummer dreiundzwanzig. Unterwegs fiel ihm ein, dass heute der dreiundzwanzigste Dezember war. Was sollte das bedeuten?

Er erkannte das Viertel nicht wieder. Tag für Tag war er durch die Straßen gegangen, hatte mit den Bewohnern gesprochen, die Jugendlichen ermahnt, wenn sie öffentlich Alkohol tranken oder rauchten, manchmal jemandem zugewinkt. Das hatte er immer gern getan: wortlos über die Straße winken.

Heute winkte niemand. Die Passanten taumelten eingehüllt in dicke Mäntel und Mützen vorüber, alle in Eile, denn morgen war Heiligabend und sie mussten noch so vieles erledigen.

Seine Schuhe hatten schlechte Sohlen. Beim Schuhmacher war er seit Jahren nicht mehr gewesen. Wer keinen Weg mehr hat, dachte er, braucht auch keine festen Schuhe. Von der Kellerstraße musste er nach links, das wusste er noch, und er wunderte sich darüber. Nummer dreiundzwanzig. Grüß Gott, hier ist Herr Berghof, haben Sie eine Minute Zeit?, würde er in die Sprechanlage sagen. Ich bin gekommen, um zu sagen, es war nicht meine Absicht.

Vor der Tür stützte er sich an der Hauswand ab, als wäre

er einer der zusammengesoffenen Raucher vor dem »Carlos«, die auf ihr Gleichgewicht bedacht waren. Berghof war ebenfalls auf sein Gleichgewicht bedacht, er wollte sich nicht genieren, er wollte klar und vernehmlich sprechen. Er wollte, dass die Dinge für allezeit geklärt wurden. Dann spürte er ein Kribbeln im Unterleib. Der Drang, sich zu erleichtern, kam so gewaltig über ihn, dass er den Arm von der Mauer wegzog und sich aufrecht hinstellte. Er würde die Hose nicht öffnen, nie wieder und niemals in der Metzstraße dreiundzwanzig.
Er war kein Pimmelschüttler, nie einer gewesen. Die Frau hatte ihn ungerechtfertigt Drecksau genannt. So nennt man keinen Polizisten, der einer Not gehorcht, wenn auch im Dienst, dachte er noch. Seine Hose wurde von innen her nass, und er presste die Beine aneinander. Der Stock fiel ihm aus der Hand, und seine Schuhe rutschten wie Schlittschuhe auf dem harten Schnee. Er hörte ein Rufen und dann Schritte im knirschenden Schnee. Jemand stellte sich vor ihn, und er sagte zu den Schuhen, die sehr robust aussahen: »Verlauf dich nicht, Adrian ...«

21

Er tippte seinen Bericht auf dem neuen Laptop, den seine Chefin als Zweitgerät für ihr Büro angeschafft hatte, druckte zwei Kopien aus und heftete die eine in den aktuellen Detekteiordner. Den zweiten Ausdruck behielt er für seine Unterlagen.

An diesem Donnerstagmittag war er allein im fünften Stock am Sendlinger-Tor-Platz. Zwar hatte Edith Liebergesell am Telefon zu ihm gesagt, sie würde kurz vorbeischauen, aber bisher war sie nicht aufgetaucht. Süden hatte nicht die Absicht zu warten.

Wie viele Recherchestunden sie dem Sankt-Zeno-Haus berechnen sollte, musste sie selbst entscheiden, Süden war vierundzwanzig Stunden unterwegs gewesen, das hatte er in seinem Bericht vermerkt. Andererseits war der Junge nicht im klassischen Sinn verschwunden gewesen.

Süden fand, dass er manche Gespräche länger als nötig hinausgezögert hatte. Warum er das getan hatte, erklärte er nicht. Gewöhnlich verlangte Edith Liebergesell fünfundsechzig Euro pro Stunde Arbeit, dazu eine Ein-Euro-Kilometerpauschale.

Eine Zeitlang ging er wie ratlos auf und ab, warf einen Blick hinunter zum Platz, an dem sich die Autos stauten und mehrere Trambahnlinien kreuzten. Unterhalb des Fensters waren Buden und Imbissstände eines Weihnachtsmarktes aufgebaut. Eltern und Kinder schoben sich aneinander vorbei, Besucher tranken aus bemalten

Keramiktassen Glühwein und Feuerzangenbowle, aus Lautsprechern erklangen Weihnachtslieder.
Am Telefon hatte Edith Liebergesell Süden zum zweiten Mal gefragt, ob er sie und ihre Freundin morgen Abend ins Restaurant Shida begleiten wolle. Er hatte wieder abgelehnt, und sie hatte noch einmal versichert, er könne auch unangemeldet vorbeischauen.
Vielleicht würde er am Heiligen Abend ins Augustinerstüberl gehen, wie früher oft mit Martin Heuer. Einmal hatte ein Gast einen im Netz verschnürten Christbaum dabei, und als es auf zwanzig Uhr zuging, lehnte der Baum immer noch an der Wand und der Mann am Tresen. Weder Süden noch Heuer, weder die beiden anderen Gäste noch die Wirtin drängten den Mann zur Eile, obwohl er behauptete, seine Frau würde zu Hause auf ihn warten. Auf ein friedliches Fest in diesem Haushalt setzte im Stüberl sowieso niemand mehr einen Cent. Gegen neun Uhr packte der kleinwüchsige Mann den Baum, bugsierte ihn brummend zur Tür hinaus, die Süden ihm aufhielt, und taumelte wie Jesus mit der falschen Last die Tegernseer Landstraße in Richtung U-Bahn-Station hinunter. Darauf brauchten die Verbliebenen erst einmal einen Schnaps, und weil Weihnachten war, einen zweiten und dritten. Um Punkt zehn verkündete die Wirtin, sie müsse jetzt ihre Mutter besuchen gehen. Süden, Heuer und die beiden Männer am Tresen, von denen der eine zwischendurch eingeschlafen und wieder aufgewacht war, warfen sich grüblerische Blicke zu, hoben halbwegs ihre Gläser, und alle außer Süden zündeten sich eine

Zigarette an. Um elf erklärte die Wirtin erneut, sie müsse jetzt ihre Mutter besuchen, und Martin Heuer fragte allen Ernstes, ob er und seine Freunde sie begleiten sollten, wegen Weihnachten und dergleichen. Etwa eine Stunde dachte die Wirtin darüber nach, dann sagte sie: Besser nicht.

Süden hatte vergessen, wann sie die Kneipe verlassen hatten. Feierlich bebiert drehte sich einer der beiden Männer, deren Namen niemand mehr wusste, um die eigene Achse und ging los, direkt auf das Fenster zu und knallte dagegen. Niemand verstand, wieso. Der Mann schnaufte, schüttelte den Kopf und verbeugte sich. Dabei schlug er wieder mit der Stirn gegen das Glas, was ein dumpfes, durchaus unheilvolles Geräusch verursachte. Aber er fiel nicht. Aufrecht stellte er sich neben Süden, legte die Hand auf dessen Schulter und sagte: »Gegrüßet seist du, Maria.« Süden sagte: »Servus«, machte einen Schritt, und der Mann sackte zu Boden. Es lag kein Schnee, er plumpste auf den Asphalt und blieb liegen. Die anderen überlegten eine Weile, was zu tun sei, dann packten Süden und Heuer den Mann unter den Armen und wuchteten ihn in die Höhe. In aller Ruhe entknotete er seine Blicke, schaute die Wirtin an und sagte: »Komm mit zum Schnackseln.« Das war der Moment, als Süden und Heuer sich verabschiedeten, was mehrere Minuten in Anspruch nahm, weil die Wirtin jeder von ihnen massiv umarmte und beküsste und beflüsterte. Später fanden Süden und Heuer noch Asyl in der Fraunhofer Schoppenstube, die damals gerade eine gastronomische

Krise durchmachte und an jenem Abend bis auf einen langhaarigen Ex-Lehrer leer war.
Das wäre vielleicht morgen ein Ziel, dachte Süden am Fenster der Detektei. Einen Moment lehnte er seine Stirn an den Vorhang, ohne ihn an die Scheibe zu drücken, dachte noch einmal an jenen Abend im Stüberl und dann an seinen Freund, der tot war.

22

»Alter oder neuer Teil?«, fragte der Taxifahrer an der Kreuzung zur Fürstenrieder Straße.

»Alter Teil«, sagte Süden.

Beim Aussteigen fiel ihm ein, dass er schon wieder vergessen hatte, eine Kerze mitzunehmen. Das passierte ihm fast jedes Mal, wenn er seinen Freund besuchte. Einmal hatte er sich dermaßen darüber geärgert, dass er über die Straße gegangen und in der Gaststätte Waldfrieden eingekehrt war, wo er trotzig drei Helle trank. Anschließend ein viertes als Ersatz für die Kerze.

Einen Tag vor Heiligabend wollte er sich nicht so wichtig nehmen. Er ging durch die Reihen der geschmückten Gräber des Waldfriedhofs. Eine Krähe schrie. Es roch nach Schnee und nasser Erde und Tannen. Er sog die feuchte, kühle Luft ein, die durch ihn hindurchströmte wie vollkommener Atem. Vor der letzten Ruhestätte der Kolonialwarenhändlerswitwe Krescenzia Wohlgemuth verneigte er sich aus Gewohnheit, dann machte er zwei Schritte nach links. Er verschränkte die Hände hinter dem Rücken und verharrte in Stille.

Er hörte das vertraute heisere Zittern der Stimme, den Salem-ohne-Gesang seines ältesten Freundes. Martin Heuers Name war auf dem kleinen grauen Grabstein mit der Schneehaube kaum noch zu lesen. Der Rosenstrauch sah verdorrt aus, kein Wunder um die Jahreszeit. Aus der Entfernung drang das Rauschen des Verkehrs von der Garmischer Autobahn herüber. Auf einem Ast hoch über dem Grab schrie eine Krähe, in Südens Ohren klang das Rascheln ihres Gefieders, als blättere jemand in einem Buch.

»Du hättest das Mädchen gleich durchschaut«, sagte Süden.

Du hast sie auch durchschaut, du wolltest nur noch mehr sehen.

»Was denn?«

Das, was der Junge nicht sehen sollte, seine skelettierten Lebensbewohner. Außerdem wolltest du unterwegs sein.

Süden schwieg.

Früher hast du mehr geschwiegen.

»Vielleicht wird man gesprächiger mit dem Alter.«

O Gott.

Die Krähe über ihm flatterte mit wildem Flügelschlag davon und schrie wieder, und der Wind trug ihr heiseres Krächzen über die verschneiten Gräberreihen.

Geh jetzt. Und komm wieder, wenn du den nächsten Auftrag ausgeführt hast. Hör auf, dir Sachen einzureden. Folge deiner Intuition, wie früher, wie in deiner guten Zeit.

Süden stand da und überlegte, wann die Zeit gut zu ihm gewesen oder wann er gut zur Zeit gewesen war.

Woher der Mann im grauen Mantel auf einmal gekommen war, blieb ein Rätsel. Er schaute Süden von der Seite an, grinste und rieb sich die schuppigen Hände.

»Vermissen ist sauhart«, sagte der Mann. »Kenn mich aus. Hört nicht auf. Eddi mein Name.«

»Süden.«

»Weihnachten ist schwer. Ist wahrscheinlich nicht der Einzige, den Sie vermissen.«
»Nein.«
Eddi hielt den Kragen seines Mantels zu, er trug keinen Schal. »Ich war auch mal vermisst, können Sie sich das vorstellen?«
»Ja«, sagte Süden. »Ich war auf der Vermisstenstelle.«
»Fundsachen?«
»Kripo.«
»Dann passt's. Ich hab's nicht mehr ausgehalten mit der Alten, da bin ich weg, direkt nach dem Abendessen. Wir haben gestritten, wie immer, da hab ich zur Elvira gesagt, ich geh mal schnell Zigaretten holen. Zigaretten holen! Kommt Ihnen das bekannt vor?«
»Nein.«
»Wieso nicht?«
»Ich habe nie einen Mann gesucht, der mal schnell Zigaretten holen ging und dann nicht wiederkam.«
»Auf dem Friedhof lügen ist verboten.«
»Wer verbietet so etwas?«
»Darum geht's jetzt nicht. Das passiert doch dauernd, dass einer sagt, ich geh Zigaretten holen und taucht dann ab. Das ist doch der Klassiker.«
»Nicht in dem Dezernat, in dem ich gearbeitet habe.«
»Wo ist dieses Dezernat? In Passau, wo die Todesstrafe aufs Rauchen steht?«
»Bitte?«
»Sie waren bei der Kripo?«
»Ja.«

Eddi zog die buschigen Brauen hoch und wippte in den Knien. Beinah wäre er aus seiner Geschichte gefallen. »Hab ich also Zigaretten geholt. Hab mich ins Taxi gesetzt und bin ins Rote Haus in Freimann, zum Haberl. Die Frauen da kannte ich alle, jede einzelne. Hab zum Haberl gesagt, ich brauch Asyl, hat er gesagt: kein Problem. Hab ich einen Monat im Roten Haus logiert. Hab früher für den Haberl gearbeitet, als er noch in Augsburg einen Laden hatte. Vermisst. Und was passiert? Kein Mensch hat nach mir gesucht, auch nicht die Polizei, Herr Kripo. Die Elvira hat keine Anzeige erstattet, kannst du dir das vorstellen? Ich war weg, ich hätt ja ermordet sein können oder irgendwo rumhängen, also an einem Baum. Selbstmord aus ehelicher Verzweiflung. Nichts. Der war das gleich. Nach einem Monat klingel ich an der Tür, da macht sie auf und schaut mich genauso blöd an wie an dem Abend, als ich weg bin. Und weißt du, wer mich als Einziger vermisst hat? Als Einzigster überhaupt?«

Süden sagte: »Dein Kanarienvogel.«

»Du hast einen Vogel. Der Jackl, unser Rauhhaardackel. Der war inzwischen gestorben. Ich hab mit dem Tierarzt gesprochen, der hat gesagt, der Hund ist eingegangen, weil er es nicht verkraftet hat, dass ich nicht mehr da bin. Der Jackl hat mich vermisst, sonst niemand. Und er ist gestorben deswegen. Der Jackl war der Kollateralschaden von meinem Verschwinden, so was macht dich fertig.«

Er betrachtete den Grabstein, entzifferte den Namen. »Heuer? Und wie heißt der nächstes Jahr?«

Der Witz hatte einen Bart von Giesing bis nach Helgoland, und Süden sagte: »Neujahr.«
Eddi hatte gleich geahnt, dass das ewige Vermissen dem Selbstgesprächler den Verstand raubte.

23

Auf der Fensterseite war nur noch ein Platz frei. Er setzte sich zu einer Frau um die siebzig, die Kaffee trank und einen cremigen Kuchen aß.

Die meisten Gäste im »Dinea« – zu seiner Zeit als Kommissar hatte das Restaurant noch keinen Namen gehabt, und es hatte nicht einmal ausgesehen wie eines – waren über sechzig und aßen cremigen Kuchen und tranken Kaffee.

An der offenen Küche gab ein Koch warmes Essen aus, Variationen von Fleisch, Gemüse und Fisch. Auf einem Büfett reihten sich Teller und Schalen mit Salaten getrockneter Früchte, eingelegten Oliven und Artischocken, belegten Baguettes, Brezen, Semmeln, Kuchen und Süßspeisen.

Ohne genau hinzusehen, so wie früher, stellte Süden sich ein skurriles Gemisch aus gewürfeltem Schinkensalat in Curry-Sahnesauce, einem in Streifen geschnittenen, mit Essig und Öl angemachten Salat aus Regensburgern und einem Salat aus geschnittenen Gurken und Tomaten zusammen, garniert mit Mais, Paprika, Schafskäsestückchen und Oliven. Dazu nahm er einen Kornspitz und eine Mohnsemmel.

Nach seinem Friedhofsbesuch war er mit der U-Bahn zum Sendlinger-Tor-Platz zurückgefahren, in der vagen Absicht nachzusehen, ob Edith Liebergesell inzwischen in ihrer Detektei aufgetaucht war. Doch dann lief er die Sonnenstraße hinunter, bärenhungrig und festtagsfern,

und steuerte, schneeflockenbeschwingt, einen Verweilort aus der guten Zeit an.
Die alte Frau am Tisch sah erst auf seinen Teller, dann ihm ins Gesicht. Sie wollte etwas sagen. Dann nickte sie und trank einen Schluck Kaffee. Unauffällig warf sie Süden immer wieder einen Blick zu, und er tat, als würde er es nicht bemerken. Er schaute aus dem Panoramafenster.
Im weißgrauen Dezemberlicht schimmerten die grünen Kuppeln der Frauenkirche, matt leuchtend die gelbe Fassade der Theatinerkirche zwischen dunklen Gebäuden und mit Planen verhängten Baustellen. Kräne und Handymasten ragten in den Himmel, vereinzelt auch sich im eigenen Glaskörper spiegelnde Büro- oder Bankenkomplexe.
Weitläufig und großstädtisch, überschaubar und vertraut, dachte Süden, wirkte die Stadt von hier oben. Hinter schalldichten Fenstern spielte sich still und genügsam das tägliche Geschehen ab.
»Sie!« Die Frau zupfte an der rot-gelb gestreiften Strickjacke, die sie über dem schwarzen Pullover trug.
»Ja?«
»Sind Sie der, der mir damals meinen Mann zurückgebracht hat?«
Nach einem Schweigen sagte Süden: »Wer bin ich?«
»Der Polizist.«
Er schwieg.
»Sie können ruhig mit mir reden. Der Alois lebt nicht mehr.«

Ihre Gesichtshaut sah aus wie gelbes Löschpapier, Süden musste an seinen ehemaligen Kollegen aus der Rablstraße denken.

»Dämmert's?« Sie zeigte mit dem Finger auf ihn. »Ich hab Ihre Narbe wiedererkannt, da am Hals, und die blaue Kette auch. Den blauen Stein halt.« Sie beugte sich vor. »Das ist ein Vogel.«

»Ein Adler.«

»Dann sind Sie's.«

»Ja.«

»Der Herr ...«

»Süden.«

»Natürlich. Süden. Den Namen hab ich nicht mehr gewusst, dabei ist er so einfach. Nur an die Narbe hab ich mich erinnert und an die Kette. Haben Sie schon Feierabend?«

»Ich arbeite nicht mehr bei der Polizei.«

»Ach so?« Sie lehnte sich zurück. »Schallner heiß ich, Elfriede Schallner. Haben Sie vergessen.«

»Ja.«

»Das ist nicht schlimm.« Nach einer Pause fügte sie hinzu: »Leider zu spät.«

»Was ist zu spät, Frau Schallner?«

»Dass Sie nicht mehr bei der Polizei arbeiten.«

»Das ist zu spät.«

»Ja, weil, wenn mein Mann noch leben würd und Sie wären nicht bei der Polizei gewesen, dann hätten Sie meinen Mann auch nicht zurückbringen können. Das ist logisch, oder nicht, Herr Süden?«

»Dann hätte ihn ein anderer zurückgebracht.«

»Na, na«, sagte Frau Schallner und wedelte mit dem Zeigefinger. »So einen wie meinen Mann, den findet niemand. Nur Sie. Das war Pech.« Sie schaute ihn mit undurchdringlicher Miene an.

Bevor sie auf ihren Mann zurückkam, sagte sie: »Schmeckt Ihnen das, was Sie da essen?«

»Ja.«

»Sauberes Durcheinander.«

»Sie dürfen kosten, wenn Sie möchten.«

»Kosten? Nein.« Sie hob die Tasse und stellte sie wieder hin. »So ein Zufall, dass wir uns hier treffen.«

Was er aß, schmeckte ihm, obwohl das Gemisch nach nichts schmeckte.

Er hatte bloß Hunger und an einem vertrauten Platz sitzen und an die Kinder denken wollen, die ihm begegnet waren, an Fanny und Adrian, an die einsam-heiligen Verbündeten.

»Herr Süden, jetzt verrat ich Ihnen was.« Sie tupfte sich mit der Papierserviette den Mund ab, legte die Serviette auf den Teller und zupfte wieder an ihrer Jacke. »Hören Sie mir zu? Sind Sie anwesend?«

»Ich bin hier«, sagte er. Etwas in seinem Bauch rang mit etwas anderem.

»Von mir aus hätten Sie meinen Mann damals nicht zurückbringen müssen«, sagte die Frau, die Hände im Schoß, mit gestrecktem Rücken. »Das hat keinen Sinn ergeben, der Mann wollt weg, und wahrscheinlich hat er ausnahmsweise mal was richtig gemacht. Aber ich bin selber schuld. Es war ja alles mein Fehler. Ich war der Depp, ich hab ihn als vermisst gemeldet. Wieso hab ich das getan?«

»Sie mussten es tun, Frau Schallner«, sagte Süden.

»Ach, wieso denn?«

»Er war Ihr Mann.«

»Sie sind Polizist, Sie müssen so was sagen.«

»Ich bin kein Polizist mehr.«

»Einmal Polizist, immer Polizist, das ist wie bei der Feuerwehr. Sie riechen dauernd irgendwo einen Brandgeruch, sie sind dauernd im Einsatz, sie haben den Helm praktisch in der Tasche. Also reden Sie sich nicht raus, Herr Süden, so schlimm war das alles auch wieder nicht. Außerdem ist der Alois unter der Erde. In die Türkei. Der wollt allen Ernstes in die Türkei, wissen Sie das noch? Die hatten doch den Yilmaz in der Truppe, der war damals der einzige Türke bei der Münchner Berufsfeuerwehr. Und der Yilmaz hatte einen Bruder, irgendwo in der Türkei unten, am Meer, das weiß ich noch, der Name von der Stadt fällt mir nicht mehr ein.«

»Mersin«, sagte Süden, als hätte er die Akte gestern geschlossen.

»Mersin«, sagte Frau Schallner. »Mersin am Meer, Sie haben recht. Da wollt er hin, der Alois. Aussteigen, mit zweiundsechzig! Mersin. Weit ist er nicht gekommen, bis ins Westend, da hat's ihn zerbröselt. Da lag er im Zimmer von dem Yilmaz und hatte Schüttelfrost und vierzig Fieber. Wahrscheinlich die Aufregung. Wenn er nicht krank geworden wär und vier Tage im Bett hätt liegen müssen, wär er weg gewesen. Dann hätten nicht mal Sie ihn gefunden. Und Sie haben ihn auch nur gefunden, weil Sie so stur sind.«

»Ich bin nicht stur.«

»Sie waren so stur, dass Sie den Yilmaz nicht mehr aus den Augen gelassen haben, Sie haben dem von Anfang an misstraut, obwohl kein Mensch wusste, dass die zwei Männer überhaupt befreundet sind und sich regelmäßig in der Kneipe treffen. Bei der Truppe wusste das niemand. Nur Sie haben das erschnüffelt. Ich wollt meine Anzeige schon zurückziehen, das haben Sie nicht erlaubt. Wissen Sie das noch?«

»Ihr Mann war verschwunden. Und er hätte einem Verbrechen zum Opfer gefallen sein können.«

»Der doch nicht.« Sie wischte mit der rechten Hand durch die Luft. »Dann haben Sie ihn zurückgebracht, und für Sie war der Fall erledigt. Für mich nicht. Für den Alois auch nicht. Der war blamiert bis auf die Knochen. Der hat sich dann ins Grab gesoffen. Der wollt nicht mehr. Ich geb Ihnen keine Schuld, nicht, dass Sie mich missverstehen, Sie haben bloß Ihre Pflicht getan als Polizist, Sie waren halt stur und haben mich ausgefragt, bis ich ganz damisch im Kopf war. Mir haben Sie nämlich auch nicht geglaubt, Sie sind wahrscheinlich von Haus aus ein misstrauischer Charakter.«

»Nein.«

»Doch.«

»Nein.«

»Doch«, sagte sie, und ihr Mund zuckte, wie bei einem

entglittenen Lächeln. »Und das müssen Sie auch sein als Polizist.«
»Ich bin kein Polizist mehr.«
»Sie wiederholen sich. Jedenfalls bin ich froh, dass ich Ihnen das mal sagen konnt, so direkt. Ich hätt Ihnen nämlich fast einen Brief geschrieben, nachdem der Alois gestorben war. Aber das fand ich dann übertrieben, ich hätt Ihnen womöglich doch einen Vorwurf gemacht, das wollt ich nicht. Wie hieß der Ort, wo er hinwollt?«
»Mersin.«
Sie nickte und sah aus dem Fenster, wo es wieder angefangen hatte zu schneien.
Die ersten Worte, die Alois Schallner damals zu Süden gesagt hatte, als dieser ihn in der Wohnung in der Kazmairstraße entdeckte, waren: »Jetzt brennt die Hütt'n vom Dach her.«
Er nahm sein Tablett und stand auf. »Soll ich Ihren Teller mitnehmen?«
»Das mach ich dann schon«, sagte Elfriede Schallner und rieb beide Zeigefinger an den Daumen. »Mir ist ganz blümerant jetzt. Könnten Sie mir einen Schnaps holen, ich geb Ihnen das Geld gleich.«
»Einen Klaren?«
»Irgendwas, wo der Magen sich fürchtet.«
Dann tranken sie beide einen furchteinflößenden Schnaps. Und weil sie noch Zeit hatten und niemand auf sie wartete, bloß weil Weihnachten war, tranken sie noch einen. Über Alois Schallner sprachen sie nicht mehr. Sie sprachen überhaupt nur noch wenig.

Beim Abschied gaben sie sich die Hand, und die Hand der alten Frau war kalt und hart wie der Wind, der Süden ins Gesicht blies, als er das Kaufhaus verließ und aus Ratlosigkeit vor dem U-Bahn-Schacht stehen blieb, inmitten der vom Einkaufswahn gebeutelten Menge.
Dann fiel ihm ein, dass er noch einmal zurückmusste. Er hatte schon wieder vergessen, rote Kerzen für Martin Heuers Grab zu kaufen.

24

Er schaute Adrian beim Schlafen zu. Und die ganze Zeit dachte Nepomuk nichts anderes, als dass der Anblick seines träumenden Zimmernachbarn, der Gängsta, den Stoffelch, im Arm hielt, das Schönste war, was er seit langer Zeit gesehen hatte. Und die ganze Zeit wollte Nepomuk wissen, wieso. Doch dann kippte er auf dem bunten Teppich zur Seite und wachte erst am Morgen von Heiligabend wieder auf.

Manche Menschen, dachte Süden,
werden erst durch ihr Verschwinden sichtbar.

Friedrich Ani

SÜDEN

Roman

Zurück in München erhält Tabor Süden als Detektiv den Auftrag, nach dem Wirt Raimund Zacherl zu suchen. Der Fall ist genau das Richtige für den ehemals so erfolgreichen Ermittler: Ein Mann verlässt sein Durchschnittsleben, und jeder fragt sich, warum. Mit seinen besonderen Methoden findet Süden die Spur des Wirts und verfolgt sie bis nach Sylt – und schon längst hat er begriffen, dass niemand den Mann wirklich kannte.

»Ein brillanter Krimi. Ein Spitzenbuch.«
Dennis Scheck, ARD Druckfrisch

»Das ist das Krimi-Comeback des Jahres.«
Brigitte

Droemer